刘景侠 —— 著

今夜有太阳

山东文艺出版社

图书在版编目（CIP）数据

今夜有太阳 / 刘景侠著. —济南：山东文艺出版社，2023.7

ISBN 978-7-5329-6938-8

Ⅰ.①今… Ⅱ.①刘… Ⅲ.①长篇小说—中国—当代 Ⅳ.①I247.5

中国版本图书馆CIP数据核字（2023）第131337号

今夜有太阳
JINYE YOU TAIYANG

刘景侠 著

主管单位	山东出版传媒股份有限公司
出版发行	山东文艺出版社
社　　址	山东省济南市英雄山路189号
邮　　编	250002
网　　址	www.sdwypress.com
读者服务	0531-82098776（总编室）
	0531-82098775（市场营销部）
电子邮箱	sdwy@sdpress.com.cn
印　　刷	山东顺心文化发展有限公司
开　　本	890毫米×1240毫米　1/32
印　　张	6.75
字　　数	122千
版　　次	2023年7月第1版
印　　次	2023年7月第1次印刷
书　　号	ISBN 978-7-5329-6938-8
定　　价	56.00元

版权专有，侵权必究。如有图书质量问题，请与出版社联系调换。

目录

001　今夜有太阳

099　黑胡椒山

197　附录：小说读后

199　**世界的原本模样**
　　——小说《今夜有太阳》里所呈现的

203　**致旅人**
　　——谈刘景侠小说《今夜有太阳》

 **今夜有太阳**

斯皮夫突然背过脸去，望着山南面坡下那些皮带皴的永远长不高的杨树，应该是没想更多。

她稍微抬起头，看见一排山梁后的山坡上好像有杏树。那是高大的山杏树，树冠很大，竟然左右成行，横纵成排。栽这树的人不在了。不过，栽这树的人或许是实现了他不曾讲却被好多人都知晓的愿望，这也几乎是很多人共同的愿望——这整座山，不，这大大小小所有的山，这与山相连的荒草坡地连同涓涓清泉都属于他的子孙后人了。

"那个叫魏凡宁的人真够牛的！"

斯皮夫自言自语。

"人家后代也很牛！"

酒水怪说。

斯皮夫几乎没有回过头去看坐在山顶上的酒水怪。

山在动，整座山在动。

斯皮夫对自己说："又是幻觉，定住心！"

一场春雨。

一阵春风。

杏花春雨。

杏花瓣在春风中飘飞,斯皮夫的脚下有几片落红。此刻,她正在深沉的怀念之中。

怀念那个治理了整座荒山的人。

他的子孙应该怀念他。

"我知道,他的子孙没有怀念他。"

斯皮夫望着那被火烧焦了的断壁残垣,生出伤感。

"他的子孙应该修一座新房子,立个碑……"

他是位英雄,他的子孙应该感到骄傲,应该崇拜他。

哪里会有英雄?谁说会有英雄?一切都是虚伪的。

漫山遍野一片死寂。

如北海银滩一样的细沙路,穿过沙蒿林向西蜿蜒。

斯皮夫脱下鞋子,免得沙子灌到鞋里去。刚踩上去的脚是跐着的,怕细沙里埋藏着的蒺藜扎入脚心。

享受,皇帝该有的享受!

"斯皮夫!"

有人叫喊。像是沙妞,不,像是商云子。叫声缥缈,不真实。她们玩得发狂了。

斯皮夫越走越远。她在寻找。

"记得这里有条沟,沟里有汪泉,泉在哪里?"

"狂想症又犯了!"

这话随着风飘过来,传到了斯皮夫的耳朵里,她判断,说话的是酒水怪。

她笑了。

其实,她很想转回身,去酒水怪那里,坐到山顶上去。

可是,她总觉得那山峰是悬浮着的。

她也止不住自己的脚步，不停地往前走。踩在细沙里的感觉很好，一直没踩到蒺藜，也很幸运。她经常觉得自己很幸运！有时，她简直不明白，怎么会有人用上"不幸"这个词。

她略微侧过身子，又一次看到了山坡上的杏树林。她头一遭看到这么高大这么茂盛的杏树，且竟然成林。

再往前走，是逐渐稀疏的被牲畜踩成残棵断枝的沙蒿林。沙蒿林前面有一道山沟。

沟里应该有泉，泉水就从那沟里流出来……

"骆驼队，骆驼队……"

这回，声音清晰了，是沙妞在喊！这孩子，总是大惊小怪的！可她分明在说胡话，哪里有什么骆驼队。

理会她干吗！有很多事、很多话不可理会，不可当真。

斯皮夫的眼睛一直被杏树树冠吸引着，脚一直踩在细沙路上。她不明白为什么这路上还有深深的车辙。干吗开车？干吗放弃上帝给你按摩的机会！

她怕失去以杏花染色的机会，她怕这条细沙路有尽头，她更想寻到沟里的泉水。

她固执地认为，泉水就在那——沟里。

初秋。

没错。

白鼻梁山山脚下,山谷沟壑与之交融。

被山泉或是山洪冲击而成的一块平台上,有一支几十人的骆驼队。

十三岁以前的孩子的语言是纯真的,沙妞没说谎。

骆驼队!

从头饰上看,男女参半。头饰两侧有珠穗,帽子边缘飘着白色细绒毛的是女人;身穿大地色上衣,外面像是有紫色马甲的是男人。这些男人应该是从沙漠中走来。好像还有穿着蓝色长袍,衣襟上镶着闪光花边的男子,也许是草原上走来的。

"斯皮夫,斯皮夫!"

酒水怪大声地喊斯皮夫。

沙妞也在叫,一边叫一边往白鼻梁山的南坡跑。

商云子抬起屁股,往下迈了一步。

她其实已经喊了好几遍了:"这么久,才回来!"

她只是在心里喊。

当她的后脚也跟上的时候,酒水怪大声地叫了起来。

"干啥去?坐下!"

不知是被呵斥吓着了,还是梦醒了,商云子重又坐在了那块又黑又大的砬子上了。

商云子侧转身子,背对骆驼队的方向,也看着山的南面。

"沙妞,沙妞!"

酒水怪的声音里略带惊慌和忧虑。

"斯皮夫睡着了,酒爷!"

沙妞站在山顶上往下看,她是在看骆驼队还是在搜索这座山的那条沙带?一时难于判断。

酒水怪竭尽全力保持着镇定,他想往山的南面走,去找斯皮夫商量事情。可她依然背西面东坐着,眼睛一直跟着商云子和沙妞的动向。他总觉得有什么事要发生。

斯皮夫在山的南面远志草多的地方睡着了。她好像找到了泉眼,泉眼只剩铜钱大小了。十几个壮汉在鼓捣着缠了绳索的机械,在泉眼附近,在泉眼上面……

他们想完全盖住那泉眼。

不知谁在骂,械斗开始了。十几个壮汉分成两伙,争泉眼的所属,还是争看护权?分不清。突然,一个老太婆在壮汉中倒下。她是从哪里冒出来的?怎么钻到壮汉之间的?想拉架还是耍威风?说不清。只见她头上缠着的白毛巾全是血,她倒在血泊中……

"好呀,西南大路,旱路坐车,水路坐船。"指路[①]声声嘶力竭。

指路的人是酒水怪。酒水怪的母亲死了。

今晚送盘缠[②]。

装着尸体的棺材停在灵棚里。

酒水怪没用人搀扶,从木凳上跳下来,指路用的扁担被扔到一边,险些砸着前来搀扶他的人。

"酒水怪,酒伯!"

[①] "指路"是人死的第二天晚上,众亲友为死者送行,儿子要为逝者指明方向。

[②] 即为逝者送行。

斯皮夫在梦中高喊,但并没从梦中醒来。

斯皮夫努力地想睁开眼睛,但浑身酸软得没任何力气。幻象丛生,莲蒂祖姑奶拉了她便走,不是,拉了她便跑,还一个劲地呼喊。

"绝对,绝对是个好人家,放心吧!"

"哇——哇——"哭声异常响亮。

婴儿的哭声是在酒水怪为他母亲指路的时候出现的。

斯皮夫是在酒水怪母亲踏上西天之路的时候托生的。

酒水怪的母亲死了,

斯皮夫出生了。

他粪箕里装满了煤渣,横穿铁路时,被呼啸而过的火车轧死了……

被轧死的是我爷爷。

我的奶奶是他——这个只知道黑着十指捡煤渣的男人的妻子。她是他的童养媳。

我父亲,是奶奶唯一念过书的儿子。

将来的我,要拼搏,尽可能地撑起一片殷红,改换门风。

将来的路太漫长、太泥泞……

"我不要出生,不要出生!祖姑奶,我不要出生!"

斯皮夫拼命地呼喊,死死地抓住莲蒂祖姑奶的衣襟不放手。

其实在医院躺着的不是她的亲生母亲,不知是因为守床人抱错了孩子,还是护士调了包,那个被调到富人家的是个男婴……

"我不要出生,祖姑奶,救我!"

婴儿的啼哭声,穿透了整栋楼房,她哭得响亮,哭得悲壮,哭得决绝!

哭声使婴儿窒息而死。

死婴被拣粪的用粪箕背走了。

"我死了!死了,我死了!"

斯皮夫大喊大叫着:"我死了,我死了!"却没从梦中醒来。

酒水怪和沙妞围在她身旁,商云子一动不动地坐在黑色砣子上。

阴阳道口,斯皮夫与莲蒂祖姑奶沉默着。

忽然听到雷声,斯皮夫说:"秋天,打雷?"

莲蒂祖姑奶却说:"调包!"

两个人又沉默了好一阵,然后,莲蒂祖姑奶长长地叹了一口气。

"有些因缘关系不那么容易遇上。"

她说,本来,寻觅到的那家姓廉,是第三房奶奶娘家表哥那一支的后人,虽传了几辈,但确为宗亲。新生儿的母亲是位生物学研究员,新生儿父亲博士毕业后,就职于科学院,后来辞去教授职务与人一起办了一家企业。

"我几乎千挑百选,连你曾祖聂晋宇都参与挑选了,咋就那么轻易被调包了,失了这家,不好再遇到更好的人家了……"

莲蒂祖姑奶脸上的沮丧表情远甚斯皮夫的失望神情。

"大自然厌恶完美。这是乔易斯说的。"

斯皮夫拉着祖姑奶的手想站起来。

"什么乔易斯不斯的,我不在意,只是失了好人家,好缘分,唉!你们这两家应该续上前世缘分……"

斯皮夫笑了。她想,莲蒂祖姑奶应该到阳世来,她的世俗气很美。

斯皮夫很难分清她是唱着歌与莲蒂祖姑奶告别的,还是被沙妞喊醒的。她唱着歌侧转身坐起。"明晃晃照亮我的某些重要的梦",这句歌词从哪里来,她无从可考,只是一遍又一遍地吟唱。她从山的南坡往上爬,爬坡时依然在唱。她想走向酒水怪,可是,商云子伸出了手,拉她坐在黑色的砬子上,她们肩并肩面向山北面。山脚下的骆驼队映入眼帘。

"哦,太壮观了!"

斯皮夫终止了吟唱,向山脚下大声地呼喊。她把外面的那层红绸裙褪下,向着山脚拼命地摇动。

"疯了,疯了!"

酒水怪很生气,他背过身去卷纸烟。

沙妞站在离酒水怪不远的地方盯着斯皮夫,很兴奋。

山下的骆驼队点燃篝火,一个高个女人从驼峰上往下拿东西,像是锅碗瓢盆。

他们要起炉灶做饭。

"哎，哎！"

斯皮夫的呼喊声很大。

山脚下的人并没有反应。

山虽不算高，但与山脚是隔着一大段距离的。

斯皮夫往下走，边走边伸展着臂膀。她想起了那个美丽的黄昏，想起了那位身着米白色丝绸衬衣的有一头浅棕色头发的绅士。他是多次进入她梦境的人。

山脚下。

那男人缠在头上的饰物在耳侧垂下来。

那个男人在仰头，往上看。

不是那个他。

但很像他！

斯皮夫将红裙子上下摇摆，山脚下的男人仰头，想要看清她的样子，但没有呼喊，也没有欢愉之状。

"斯皮夫，回来，危险！"

商云子大声喊。

"斯皮夫，危险！快，快！"

酒水怪往下疾走。

"斯皮夫，慢点！"

沙妞随着酒水怪往下走，一副欢快而动人的样子。

屁股下的黑石块在动，

这座山峰确在悬浮。

商云子始终没有从石块上站起来。在她看来,西边天空的云确实变为橘红,而且不断蔓延。云把天西边照得如一匹锦缎。

她突然笑了:我又不是诗人,也从不舞弄笔墨,锦缎不锦缎的与我没关。如果那被烧红了的天边能显出一个人影,让我再见他一眼,确定他是死是活,这倒是好的。

其实,她的心里很明确,他没有死,确定,他还活着,像人一样地活着。虽然他没有户口,没有真户口,不对,他贴身的兜里装了好几个户口本,有钢印的户口本。

我知道,我早就知道,他来路不明。可是,住在床上的确是他,发生的一系列事情都那么真实。他是一个在陆地上行走的有情有义的人。

商云子这么想时,眼睛无法阻止地又一次望向山脚下的骆驼队。向山坡上望的那个男人,不但手里没有马鞭,嘴上也没叼着郁金香。她将目之所及的出色的几个佩戴花边服饰的男人扫了一遍,发现没有他,绝对没有他。见面认识,不见面也认识,从皮认到骨头。他从没把不该说的话说出来,连不该有的举动都控制在衣袖里。

如果能减少一句话,能减少一个词语,他坚决不会添一个标点,不多一种语气。他是一个死了刚复活的人,不,他是一个山一样的死人。

有几回,商云子怀疑,他是一个在逃犯。

骆驼队的再现,让性别意识回到她身上。但她咬紧牙关,面对苍穹,不让泪水流出来。

"这个一去不返的人绝不会杂在这骆驼队的群体

里。"

山野静下来。

"梦带我们出窍。"

这是斯皮夫哼唱的一首歌里的词。

忘了。

心里不再营造喧嚣。山野静下来。

"选一条新路?"她这么想,不止一次这么想了,"我有这个权利。"

"你有权利以新路走进时光。"

记得斯皮夫也不止一次吟唱过这样的歌词。

斯皮夫是有学问的,她倡导朝向自由。

可是,我不想尝试自由。

我不是保守的,我跳过了自己的各种描述,脑子里的精妙画面无法与现实对标。或者说,我没有见一见这精妙画面的途径。不如把终日无一语的山一样地活着的人当作精妙的画面镶在一个缝隙里。

这时的商云子想到了斯皮夫,她知道,斯皮夫挥动红裙子狂喊狂奔,面对的一定是精妙的画面。

"会有什么危险?一个骆驼队,有什么危险?"

商云子坐在那儿一动不动。清风吹起她额前的一缕头发,她嘴角浮起嘲弄的笑:"有什么危险,会有什么危险?"

"酒水怪是有预见的人,也许他永远是对的。"

"其实,斯皮夫才是最有预见的,她有智慧的头脑。"

"人,对另一个人,应该是多余的!"

"酒水怪，从不觉得自己多余！"

"当然，很多人也从不觉得他多余！"

"酒水怪，就这样一直多余下来。"

商云子大脑里滚过一串这样的想法，她似乎已进入梦境。

突然，一种明晃晃的东西照亮了她的梦。

——太阳！

——今夜有太阳！

——今夜有太阳，正从东方升起。

明明，太阳刚刚从西边消失！

明明，太阳从东方升起，几乎是同一时期。

"哦嗬，哦嗬！"商云子精神错乱一般大喊大叫。

"太阳，今夜有太阳！"

没有人听到她的叫声，

山野依然安静。

不，西天边，太阳正慵懒地枕在两山之间，柳林被火球一般的太阳映红了。

不，太阳已从东边升起来。

点燃，点燃火炬！

是骆驼队点燃了火炬！

我想做梦。

商云子这么想着,往山的东面移动。她完全不在乎骆驼队的事,她好像看见了满山洼的篝火。在她看来,很多事都是臆造出来的,很多人都有这本事。

去做梦。

她想知道,今晚能做啥梦?

问谁?

问上帝吧!

上帝说:"你不够虔诚。"

问佛祖。

对,问问佛祖。

商云子在东山坡有树木的地方停下脚,当然,她确认,眼前不是菩提树。

她依着那棵树坐了下来,她断定佛祖会光临。她确信,夜里有太阳。

她把戴在头发上的发卡摘下来,打消关于自己还是少女的所有念头,也不再去想那个终日无一语的男人。她用面巾纸擦了一下手掌心,确定两手没有了脏污,微闭双眼,面带微笑。

她似乎睡着了。不,没有入睡,因为她清晰地听到了叫卖的声音!

"卖姜喽!"

商云子喜欢做饭,极讲究调料。于是她便从假睡中醒来。

"姜，咋卖？"

"大姜一元钱三块，小姜，三元一块。"

商云子看了看前面的箩筐，姜有些蔫，又去看后面的箩筐，里面的姜又大又鲜嫩。

"我要三块大姜。"

她掏出一元钱交给了卖姜人。

她拿着姜往那棵不是菩提树的树跟前走的时候，想，这是一次不公平的交易，这次交易，她赚了便宜。

她重又面带微笑，眯着眼等佛祖，默默地原谅自己捡便宜的行为。

"也算公平交易，买卖双方都情愿。"

她静下心来等佛祖。

"佛祖咋不来，佛祖会撒谎吗？"

清风拂面，笑声吟吟。

"没有撒谎，阿弥陀佛！施主，你刚刚买了我的姜，一元三大块鲜姜，阿弥陀佛！善哉，善哉！"

商云子出了一身冷汗，冷风刺进脊梁。她无法静下心去等待梦中的情景，她不敢去等梦境，她希望一夜都有太阳，一夜无眠，免得做梦。甚至，从此，她不想再做梦。

她回身，山脚下火光冲天，像是有欢笑声。火光映红了男人女人的脸。

她一直躲着这些场合。说老实话，现在，她希望多些这样的场合。

可是，她无法起身，无法迈动脚步走到篝火旁，走进那些男人女人的欢笑声中。

她不像酒水怪担心的那样，怕什么危险，天下并没有什么危险。她好像迈不出左脚，即使起身迈了左脚，也走不进笑声里。

因为那终日无一语的男人，因为心中的虔诚。现在，肯定不是了。

到底是什么？她说不清，甚至，她想让别人告诉她，这是为什么。别人？谁能说得清？即使说得清，又有谁愿意跟她说？人们是如何抛弃了说得清的愿望，她知道，这也说不清。

都有一本账，说清说不清，早就没有意义。

可是，偏偏，她就把说清与说不清都赋予了意义。

一栋房子，

终日无一语。

这也算交易？

应该公允地说，商云子避讳"交易"这个词，也绝不交易，绝不拿最可宝贵的东西去跟任何人交易。

那又为什么？

"那是空间中的一个点。"

"无可避免的。"

商云子终究没有进入梦境。

斯皮夫往下走。

顺着人称"白鼻梁"的沙带往山下走。

她想看清穿着华丽的那个男人的全貌，或者叫作形象。那形象在摇摆，在晃动。她揉眼睛，眼睫毛努力眨动。

眼睛欺骗了自己。

不是什么骑在马背上的身着华丽服装的男子,是一个身着黑灰两截棉袍,头戴黑绸瓜皮帽的聂晋宇。

幻觉。

斯皮夫倒在白鼻梁沙带里。

疲倦,沉睡?

眩晕,昏睡?

其实,她想把托生当作梦境,想寻找自己能做主的下一世。她想快些托生,她想摆脱莲蒂祖姑奶的协助。当然,她没有埋怨莲蒂祖姑奶,上一次"调包"与她没有关系。

斯皮夫进入了梦乡。她听到有人唱歌,这个人叫李玉刚,是他在唱歌。

"我愿化作莲花伴你身旁,只为那一年的盛开供养,一次一次尘世中游荡,那一声声菩提的回响,啊,莲花,啊,莲花。"

在视频里,她看到了李玉刚眼睛里淌出的眼泪。同时,她摸到了自己左眼里淌出的眼泪。

她无法将泪水擦干净。她的手上握着一块绣着"聂记"字样的白绸帕。她将眼睛闭紧,不再去看那个穿棉袍的聂晋宇。她的眼前似乎有一个穿蒙古袍的身着华丽服装的人向她走来。她在心里咬定,他是忽必烈的后人。今天,他为何而来?

英雄种!

值得。她伸展双臂,觉得整个山峰都在颤动,应该有一个怀抱,有一片草地。

没有。

只有幻觉。

她开始爬另一座高山,山的海拔太高,她高原反应了。她抑制自己,不去氧气站。她甩掉了一个包袱,继续向上攀爬,抓住路旁的旁逸斜出的枝条,大口地呼气,吸气。她有了力气,腿不再发软。

爬上这座山,去找一棵树,这座山的山顶有一棵树。

去找一棵树。

去问那棵树。

终于,

她爬上了山顶。

山顶,确有一棵树,

山两侧还是山,连绵不断。连绵不断的山好像是用树堆砌而成,让人想不到有石头。

铅云滚动,乌云压顶,很难看见混于山间的那棵树。

天,像是黑了。

那棵树亮了,

忽然间,

山顶上的那棵树,所有的叶子骤然变黄。整座山,一片金碧辉煌。

树的后面有一座庙,

富丽堂皇。

你我无法推倒树后面的辉煌。

那确是一座庙。

那棵树的树身不高,树冠很大。这本不是旁逸斜出的树种,可是,树冠的造型有些类似塔状,底部的枝条生动地向外延伸,向每一个靠近它的人延伸、舞动……

她没有去让任何一片叶子抚摸她的脸,但是,那金碧辉煌的闪烁抚慰了她的心灵。

当她从山的右侧往下走,真正下山的时候,她发现菩萨在她左前方现身,她的手上确有绿色枝条。菩萨点颤枝条,圣水洒落。

山的脊梁处,红的、绿的、黄的、蓝的水,一洼一洼又一洼,呈梯田状排列。

一座神山。

那棵树,

通神!

斯皮夫的眼睛眨动。从两片眼皮的缝隙里,她看见的不是金碧辉煌,而是灿灿的朝霞。

有太阳?

西边的火烧云还没有完全退去。

有太阳,确定,今夜有太阳。

山下,篝火正旺。

骆驼队的男女围着篝火跳舞。

篝火上架着铁丝编成的网,烧着羊排,还有驼蹄。

可以感觉到驼蹄被烧之后的弹性。

这肥大的驼蹄曾在沙漠上行走。蹄印被黄沙掩住了。

骑在驼背上看风景的人，只是望着突然闪烁的四色花惊叫，来不及低下头看陷在沙子里的驼蹄。

驼蹄就是做这个的——在沙漠里跋涉，跋涉不动时，被架在火上烧烤，以满足骑在驼背上的看风景的人的口福。

可以坦率地呈现原样，却无法激活神秘的意义。

任谁也做不到，做不到理想中的真诚。

此时。

酒水怪、商云子、沙妞围在做梦的斯皮夫的周围。

商云子把手掌轻轻地放在斯皮夫的鼻孔前。

"有气息，没事！"

商云子十分淡定从容地说。

酒水怪坐在斯皮夫的头上，也用手试了一回。他摇了摇头，什么也没说，转过脸，从上衣袋里掏出一条白纸，是事先撕好的卷烟纸，捏了一撮旱烟末放在纸上，将其捻成一个烟卷，然后用衣襟挡住山风，点燃了烟。他把烟放在嘴上，一吸，一抽动，就有一点星火闪烁。

山脚下的篝火并没有掩住这闪烁。

沙妞看着卧在白鼻梁沙带上的斯皮夫，从酒水怪和商云子的举止神情里感觉到了能感觉到的东西，她应该是哭了。没有声音，只有泪水。

整座山处于沉默状态。

整个山野并没有被篝火照亮，跳舞的女人的裙子很是耀眼。

沙妞的脚步是往山下移动的。

"我要穿一条大裙子，我要穿一条那样的大裙子。"

她的心被这个念头驱动，

确定，她在往山下走，

此时，篝火旁有个舞者也离开了舞场。

并没有人在意，他用手托着半只驼蹄，向着黑黢黢的山挪动。

酒水怪的纸烟的火光突然熄灭了。

烟头被扔在地上，一只比驼蹄还有力的脚踩在烟头上，火光不再闪烁。

一只大手挡在沙妞的前面。

"别动，危险！回去！"

沙妞激灵了一下，像是被突如其来的手吓了一跳。

"哎呀！"

沙妞的叫声震动了山林，鸟扑棱棱地飞起来，从这条树枝擦过那条树枝，惊叫着往前飞，鸣叫声渐去渐远。

沙妞的脚步止不住似的往下走。确切地说，她看见了那个男人手上托着的被烤得火候正好的驼蹄，她在往下咽涎水。

她饿了。

她刚刚知道饿。

华丽的服装，洁白的牙齿，说不清的想象中的笑意唤醒了她年轻的胃。

唤醒，就在一瞬间。

被唤醒的胃，太活跃了，不是酒水怪的一只大手能阻挡住的。

饿了!

随即,一支蒙古长调在火光中回响。

一群男女忘乎所以地舞起来。衣襟处的翠珠让沙妞极度兴奋起来。

那个托着驼蹄的舞者渐入黑暗中时忘情歌唱。

"有家的地方才是天堂。"

这歌词传到沙妞的耳朵里。

"有家的地方才是天堂。"

沙妞唱到这句时,哭了。哭音比装饰音更美妙生动。

篝火依然那么近,依然那么远。烤好的驼蹄托在那人的手上,颤动依然那么清晰,依然那么模糊。

男人脱下褐色的袍装,换上白色的西装,在欢歌中悄悄地走出人群。

他朝着白鼻梁山攀爬。

长着刺毛的植物应该是沙蒿,他顾不得扎在裤角上的刺毛。偶尔地,什么树的枝条在他的眼眉处蹭了一下,左眼球些微地疼痛一下,但痛感很快就消失了。

篝火翻卷弥漫开来,天空被照亮了。

山上的沙带一片金黄。

男人叫尼桑仁。

尼桑仁手上托着的驼蹄,像是被切成两块,中间有刀痕。

暮色苍茫，驼蹄的颜色无法被篝火照亮。

山上、山下，应该没人在意他手上的驼蹄，当然，也没有人去想象他手中有没有玫瑰花。

此刻，尼桑仁在心里开掘出一片玫瑰花园，血液直往蓝色妖姬的花瓣上涌去。刹那间，他的白色西装变成了一朵红彤彤的玫瑰花。

尼桑仁，尼桑仁，我是尼桑仁，我是男人尼桑仁，今夜，我做了血浆奔涌的尼桑仁。

这么想时，东山处有一轮太阳喷薄而出。

今夜有太阳！

哦，有太阳？

没有惊诧，没有恐惧。

今夜，属于我，属于尼桑仁。

为了今夜，我等了很久。

我属于今夜。

我是尼桑仁，我是男人尼桑仁，我心中有太阳。

我要赶赴白鼻梁。

那是我的白鼻梁。

不属于别人，

不属于任何人的白鼻梁。

今夜，

有太阳！

我进攻白鼻梁，属于我的，永远属于我的，

白鼻梁！

尼桑仁这么想着。

身上动脉一处裂开，往外喷血。

尼桑仁的唇上绽出灿烂的笑容。但他开始哭泣，声音由小变大。他不知道，当然也没有人问他，

为什么要哭？

大汗淋漓，

泪水滂沱。

心泉畅快地流淌……

他的血泉喷到天上，篝火熄灭，只是一刹那的熄灭。

天空完全昏暗了。

只有白鼻梁，闪着金光。

白鼻梁处卧着一个攥着红裙子的女人，她侧卧着。

尼桑仁踉跄着步伐，但没有摔倒。

其实，他离那红裙子还远。她应该没听到什么声音，不会听到脚步的声音……

山脚下响起锣鼓之声。

篝火燃起来。

"砰，砰，砰。"

三声礼炮，将白鼻梁震出一片金黄。

白鼻梁上，红色、白色、紫色，不，是一片血色，飞溅，奔涌，血点溅上天幕。

"尼桑仁，尼桑仁……"

呼喊声，是女人的呼喊声……

尼桑仁站起身，感觉动脉里的血还在指尖处滴淌。

刚刚熄灭的篝火还有微弱的光。红裙子衬着的那女人的脸让他惊叫一声。

"啊！"

"她是谁？"

愤怒让他的脸扭曲歪斜。

他努力地曲动手指，从身上摸索着东西。

他的衣装依旧整齐。

他没有把心底的愤怒喊出来，望着那个侧着身躯的女人，笑了笑。笑的时候，双唇扭曲变形。

她，在做梦！

她的眼睛，应该是美的。

这个女人，做梦吧！

祝她好梦。

他把身上的白西装盖在她的身上。

尼桑仁深吸一口气，然后离开。

他继续往上爬，往山上爬。

继续寻找，寻找他要寻找的。

突然，他转回身，走到女人身边，跪下来，左顾右盼。

他找到了那个驼蹄，用布帛擦去了驼蹄上的沙尘，小心地捧在手上，继续往山上爬。

斯皮夫被从铅云中钻出来的太阳刺痛了眼睛。

哦，有太阳。但这是夜晚。

"祖姑奶——"

她浑身惊颤，夜里怎么会有太阳？

她依着祖姑奶的臂膀坐在阴阳道口。

莲蒂祖姑奶为她擦着身上的白沙,帮她套上红裙子,整理了妆容。

"知道他是谁吗?"

"谁啊?"

"寻你梦的尼桑仁啊!"

"什么尼桑仁?"

"哈哈哈!"

莲蒂祖姑奶笑得嘴都歪斜了,她说:"梦中的那个男人啊!"

"哦,哦,哦——"

斯皮夫羞红了脸。

"他闯错了梦,我也没圆成梦。"

斯皮夫说。

"你知道他是谁吗?"

"谁呢?"

斯皮夫思考起来。

"余文娣和瞿乾儒①的重外孙,他叫尼桑仁,他是拥有几十亿资产的富人,是靠驼队起家的……"

莲蒂祖姑奶的话音未落,天空中的太阳突然裂变,裂变成火花,钢水般飞溅的火花,火花几乎将斯皮夫的头发点燃。

驼队里一片欢腾。

---

① 这两个都是刘景侠小说《红记》中的人物。

"生了,生了,女孩!"

驼队里的人奔走相告,有人发现少了一个人,便将手卷成筒放在嘴唇上,大声地呼喊:

"尼桑仁,尼桑仁!"

"生了!"

"生了!"

尼桑仁往山下奔时,他的妻子已倒在血泊中。

婴儿的啼哭声愈发响亮。

接生的人看着婴儿完全睁开的眼睛,十分惊慌。

"怎么刚落地就睁开了眼?"

已睁开眼的女婴盯着趴卧在地上的骆驼出神,将来的她将骑在驼背上到处看风景。

周边的女人的金银环佩串成悦耳的歌声……

"祖姑奶!"

斯皮夫喃喃地叫着。

"尼桑仁家里够气派的,是一个与官府关系密切的商贾之家,怎么还不称心呢!"莲蒂祖姑奶说。

"我闻不惯驼粪味,不是,还有铜臭味。它们熏晕了我,可怕!"

女婴的脑袋朝着为她洗漱的水盆里一栽,瞬间窒息而死。

尼桑仁到来时,看见的是血泊中的妻子和溺死在水盆中的女儿……

天上的太阳不见了。

阴阳道口是莲蒂祖姑奶的叹起了气。

"唉……"

"唉……"

斯皮夫在白鼻梁沙带里熟睡。

"谁?"

"我。"

"你怎么来了?"

"我来了。"

"咋来的?"

"坐船!"

丁字号三十五克朝白鼻梁沙带移动,靠着莲蒂坐下。他乘着小三峡的乌篷船,见到一个粉红色的花岛在前方游移,想跳上去停留一会儿,可是又怕赶不上莲蒂,便没有去玩耍。

"我很奇怪,"丁字号三十五克说,"有一对男女竟然划着小船在南海上航行。"

"有啥奇怪的,'手里有刀,心里有谱'的人呗!"

莲蒂歪过头看了看,又下意识地把目光抛向这条沙带的下面,虽然看不清,但她知道斯皮夫就在不远处昏睡。

"应该让她睡,多睡一会儿,睡着的她是幸福的!"

"我也想随她同睡。"

"哼,嗯——"

莲蒂的鼻息里透着说不出来的浓重模糊的气息。她不想明显地表现出心中的不屑,但丁字号三十五克已经感觉到了不屑。

"我确定,我会让她结束寻找。寻找的路程没有尽头。"丁字号三十五克说这话时应该是从容的。

"即使有尽头,尽头处的人也不是你,别瞎操心了!"

丁字号三十五克和莲蒂同时落入了寂寞,死一般的寂寞。

"确定,你确定她又要托生吗?"

"我还没想好。"莲蒂说。

"她曾祖爷如何说?"

"不用问,肯定是希望她去再走一遭。"

"他想同去吗?"

"谁知道哦!"

莲蒂摇头时,乱草和枯叶扑在她的脸上,她用手将它们抓下去,扫下去。

丁字号三十五克低头往斯皮夫昏睡的地方望去,他心里很清楚斯皮夫要去哪。有两个人最关心斯皮夫,一位是斯皮夫的父亲,他是阴间农政司的司长;还有曾是绸缎庄庄主的聂晋宇——她的曾祖爷。莲蒂是他们与斯皮夫联系的中间人。

斯皮夫跟莲蒂虽阴阳两隔,但在一起纠缠很久了。

"我再说一遍,我很想和她一起走一遭——"

"哈哈哈——"莲蒂笑的声音太大,露出了一口洁白的牙。山脚下的篝火燃起又熄,熄了又燃。

东山的太阳悬挂起来。

"为何今夜有太阳？"

"你带来的，你把那边的太阳带过来了。"

"别开玩笑了！嘿嘿——" 丁字号三十五克往莲蒂身边靠了靠，十分虔诚地讨好说，"从今夜开始，我改口，不叫您莲蒂老板，也叫您祖姑奶，行了吧？"

"说什么呢？"

莲蒂拉起丁字号三十五克，说："别胡扯没用的了，咱们得去看看她，别真的睡过去，或者，别真的让这皮囊腐烂，这皮囊有用的。"

莲蒂和丁字号三十五克顺着白鼻梁沙带往下滑，不一会儿，就滑到斯皮夫的身边。

她侧卧着。

"哼——"

斯皮夫在呻吟。

"喂，她醒了！" 丁字号三十五克刚要伸手去拍斯皮夫，唤她醒来。

"咔！"

天上打雷，太阳被雷又一次劈碎，万段金光喷射，照亮了山脚下的一个男人的脸，还有他托着烤驼蹄的手。

"滚回去！"

丁字号三十五克刚要喊，莲蒂拽着他藏到暗处，藏到无法被发现的暗处。

丁字号三十五克躲过一次彻底的绝望。

莲蒂把斯皮夫活着的幻想撕成碎片，甩给她用来抵抗孤独。

天上的太阳聚成圆形,在云中运行,若隐若现。

此刻,山脚下往上攀爬的男子在唱:

"我愿化作莲花伴你身旁,只为那一年的盛开供养,一次一次尘世中游荡——"

"又是一个有来头的。"

丁字号三十五克不再出声。他深知,那边和这边一样,不知道谁是有来头的,更不知这个有来头的跟哪个有来头的有千丝万缕。莲蒂是个有造化的,他决定跟紧她,不要造次。

吟唱变成童声,又变成了女声:

"随风自在,露珠摇摆,若隐若现,似是故人来。"

这时,东边没有朝霞,西边没有落霞,更没有孤鹜。

天,完全暗了下来。

"有羊啃草的声音。"

沙妞跟酒水怪说。

"不过十四岁的孩子,灵性却足,耳聪是不用说的。"

酒水怪一边这么想着,一边抽起了烟卷。一抽一吸间,红红的火头映出了羊的轮廓。它是黑色的,通体黑色,犄角是灰棕色。

黑山羊低着头啃草。

"有声音,是它,是那只黑山羊!"

"妈——妈——"

不是"咩——咩——咩——"

而是"妈——妈——妈——"

黑山羊不再啃草,而是往上走,朝着酒水怪的方向。

"酒爷,怎么会有羊叫?"

"是羊叫,沙妞,走,去看看!"

酒水怪和沙妞往山下去,去寻黑山羊。

酒水怪担心自己老花眼看不清,一边走一边揉眼睛。

"是它,就是它,就是它。"酒水怪把熄灭的烟头扔了老远。

"卖出去一百多里地,怎么跑回来的?"

酒水怪的话里有颤音。

沙妞拉着酒水怪的胳膊,她不想让他哭。当然,她了解他,他自年轻就养羊,他家有很大的羊群,羊下很多崽,羊羔长大了,自然是卖出去。人都知道,他家的羊卖出去好往回跑,听说有只黑山羊因为往家跑,他让吴姓邻居最后转卖到一百多里地以外去了。

"一百多里地,还往回跑?"沙妞问。

"想家了!"

"羊会想家?"沙妞笑了。

"会,都会想家!"

"嗯,都会想家。"沙妞的声音很小了。

过了一会儿,她突然问:"这么远,它是咋找到的?"

"你问我,我哪知道哦,孩子!"

"是,我也不知道!"沙妞在酒水怪前面走,朝着黑山羊。

"妈——妈——妈——"

黑山羊的犄角顶在酒水怪的膝盖上,不再啃草。

酒水怪坐下来。

沙妞依着酒水怪坐下。

"妈——妈——妈——"

黑山羊的叫声变小了,像是在缠缠绵绵地诉说。

"沙妞,听见了没?"酒水怪的手摩挲着黑山羊颔下的黑胡须,把山羊的诉说告诉沙妞,"它说,它的主人待它不好,因为它很久没怀羊羔。还说,今年的草场不好,只能啃草根,主人要换草场了,它不愿意,心烦。那天,它进了主人的东屋,上了炕,要像刚出生时在炕上和你酒奶奶躺在一起一样,它舔碟子里的羊汤,那家的小子把它攥下炕,它不动,他就用碗砸了它的腰……

"妈——妈——妈——"

酒水怪给沙妞编故事时,黑山羊叫了起来。

"真的要换草场了,这只黑山羊便跑回了家。"

"真的?酒爷,是真的?"

沙妞望着太阳不在的夜空,喃喃地说:"它是想家了。离开家的都会想家,不论人还是动物,都会想家……"

黑山羊侧卧下去,一只蹄搭在了酒水怪的脚上。

沙妞用手去摸它的肚子,突然小声地咯咯笑了。

"酒爷,黑山羊怀孕了!"

"这孩子,啥都知道!"

"不信,你摸摸,这里面有羊羔,一只小羊羔。"

沙妞突然转回头,看了一眼酒水怪,说:"要是黑山羊下了小羊羔,给我玩吧。"

"行啊,给你,给你!"

酒水怪还说,他给她养着这只小羊羔,小羊羔长成大羊再生羔子,羔子再生羔子,都是她的,剪羊毛、卖羊皮、卖羊肉所得的钱都给她,攒着做嫁妆。

"哈哈哈——"

酒水怪和沙妞一直在笑。

黑山羊在睡。

斯皮夫也在睡。

"这只黑山羊不爱孩子!"

"别胡说!"

沙妞听到一个男孩的声音,便离开酒水怪向黑山羊走去。

她看到两团黑影,

走近了才辨出模样。

一个是半趴半卧的黑山羊,一个是正面对着黑山羊的男孩。

"这只黑山羊肚子里的羊羔是自己从别的羊群的公羊那偷来的,不是主人给它配的。"

"你胡说什么?"

"你不懂!"

沙妞看不清他的脸庞,对他说的话感到莫名其妙。

"你想啊,它都怀孩子了,还跑这么远的路,一旦孩子受不了颠簸,流了产……它不担心孩子的生命,你说,它是不是不喜欢自己的孩子?"

"唉——"

"唉——"

两种叹气声同时传出。

太阳又从云层里露出身影。

沙妞看了看说话的男孩,问了句话:"你是谁?"

"我是依卡!"

"依卡?"

依卡十分生气地抓住了黑山羊的犄角,看那架势,像要把黑山羊的犄角掰断似的。

"不是只好羊,不配当妈的玩意儿!"

"你在胡说什么呀?"这是一句没完全发出声的话。

沙妞的眼睛瞪得很大,她发现叫依卡的男孩脸很黑,太阳穴处有块疤向额头延伸。

"这是个野孩子?是流氓吗?"

沙妞想喊酒水怪,想抬腿往山顶去,可屁股却一直坐在地上,离依卡并不远。

依卡没看沙妞,他以为沙妞也像很多人一样知道他是谁,甚至知道他是一个私生子,是根本不知道自己的爹是谁、妈是谁的私生子,是现在只能在野外游荡,不能进村的"野人"。

沙妞一直想问他为什么说这只羊不喜欢自己的孩子。

"一个爱孩子的母亲,永远不会抛弃自己的孩子,不论发生什么情况,哪怕怀了私生子。"

"你胡说,我不是私生子!"沙妞几乎挥起手要打依卡,想大声喊"你是野种,你是私生子",但她咬紧牙关,脸涨得发紫。她低下头,忘记了天上有太阳,只觉得黑暗包裹了整座山,心也被黑布蒙住了。"对,她是个不爱孩子的女人,现在,她又在哪里呢?她抛弃了我,她到哪游荡去了?那个坏娘们!"

沙妞把从别人那听到的脏话、坏话,一股脑都收拾出来,骂她自己的妈。"这娘们,听说,还没给我断奶就跟人跑了……"

沙妞没哭出声,但依卡听到了她的哭声,有点莫名其妙。

"我是私生子!"

依卡大声地说。

"你的家呢?"

"没家。"

沙妞把兜里的一瓶水掏出来,递过去。

依卡推了过去。

"喝吧!"

依卡接了水,咕咚咕咚喝了两口,清了清嗓子,又握住了黑山羊的另一个犄角。

"妈——妈——妈——"

黑山羊的叫声让整座山静得像不存在一样。

"你信不,它想家了!"

"你说对了,它是想家了!现在它找到了它的家,找到了它的主人——"

"主人?"

"酒水怪,是这黑山羊的主人。"

"养羊的酒水怪吗?"

"你认识他?"

"他养羊的大圈离我们原来的生产队有七八里路,我偷过他的一个半大羊羔,让我半路摔死了,拿回生产队,队长把它扒了皮,烀了一大锅,大羊羔肉那香嫩……"

沙妞不再往下听,往边上挪了挪身子,偷偷地瞟了他两眼。

"你是个贼!"

"酒水怪曾经拐走过我爹两只羊,我偷了一只,他还欠我爹一只呢!"

"你不是私生子?"

"我爹,就是我们生产队的队长,他从山坡的沙蒿地里捡回了我,他就是我的爹,我就叫他爹了,有啥可奇怪的!"

依卡放开了握着的黑山羊犄角,看都没看一眼沙妞,把一瓶子水喝完。

"你爹不要你了,因为你是贼吗?"

"我爹死了。"

依卡把空瓶子抛下去,瓶子顺着山坡往下滚。

"你就——"

"村子里的人就把我撵了出来。"

"因为你是贼吗?"

"我不是贼！我不是贼！"

依卡忽地站起来，顺着山坡，大步流星地往下走，一边走，一边喊。

"我不是贼！"

整座山在摇动，三分之一的山峰有断裂之声。山峰悬浮，是断裂了吗？

"我不是贼！"

山峰和山腰的连接处像是一张压扁了的嘴。依卡的声音变小，渐行渐远，以至于缥缈起来。

"我不是贼！"

依卡快走到山脚时，手碰到了下衣兜里的一块硬硬的东西。

"对，送给她，好吃！"

他决定把剩下的半个烤驼蹄送给沙妞吃，便转头往山上走。潜意识里，他瞥见了靠南面的一片林，捡了些干柴上去。

"那只黑羊，烤了它，酒水怪就不欠我们家的那只羊了！"

依卡撇撇嘴，笑了。

"我们家，哪是我们家！爹死了，我被撵出来，连村子都不让进，除非我死了，变成鬼魂再回吧！"

他骂了一声，用脏手背抹了一下眼睛。这心肠好久没热乎一回了。好多年以来，他不哭，也根本无法理解别人的哭泣。

"有什么用，眼泪，最没有用。世上有用的是钱，有了钱，你就是爷，别人就怕你，不敢欺侮你！"

其实，谁也不会想到，这个叫依卡的私生子会想发大财，成为大财主，成为富翁。

他从生产队那大院搬走之后，各屋子里都闹鬼，村里最有种的汉子都不敢搬进去住。后来那里被外来户尼桑仁占了。

"可恶的尼桑仁！"

依卡的白牙在双唇之间闪着白光，衬得脸铁蛋一般黑。他想着过瘾的事倒笑了："尼桑仁的娘在哪，死了？他的闺女，刚生出来就死了。"

依卡哼起了小调，他没想到自己也有得意的时候。

歌声是从树林里发出来的，一个女人在唱歌，这歌声挺熟悉，以前好像时常能听到。

唱歌的女人四十七八岁了，依卡叫她大嫂子。

大嫂子不爱说话，更不会唱歌。可是，几年前，她二十岁的儿子死了，没多久丈夫也死了，她就会唱歌了。

依卡停住脚，细辨，细听，是她，是大嫂子在唱歌。

她的歌没有头，没有尾，从太阳出来，到太阳落下，除了碰见什么人说句话，其余时间，她总是唱，只是听不清一句歌词。

依卡突然拐道，往那片小树林里走。

他好像听懂了点，他的脚步一会儿慢一会儿快，走走停停。

她为她死去的男人唱。说不定这会儿,她男人突然活了,在她身前身后望着她。

对呀,也许她为她的儿子唱,唱得儿子更加无依无靠。

"不,她在为我死去的爹唱,如果我爹还在,我还会住在生产队的大院里。"

"啊,啊啊,啊啊——"

依卡不管不顾地唱起来,他去一片林子里,他也要唱歌。为谁唱?为自己不会死的心唱段曲子,填充进大嫂子的歌声里。

"为不会死的心唱一段吧!唱一曲就不想爹了,就不想家了。"

依卡听见小树林里的女人依然在唱,他不知道有没有人听到他在唱。也许,这一生,也没人能听懂他的歌。

什么东西,撞溅出眼泪。他黯然神伤。

白鼻梁山汇拢了已经沉寂的声音。

"妈——妈——妈——"

他听到那只黑山羊在叫。黑山羊重复着他的曲子,还是他重复了黑山羊的曲子——想家。

"想家!"

此刻,小树林里好像有好多人在唱。

"啊,想家,啊,想家,啊,想家……"

心灵在为心灵做听众。

合唱的人群中有一个声音变得高亢。

"我愿化作莲花伴你身旁,只为那一年的盛开供养,一次一次尘世中游荡,那一声声菩提的回响……"

这是斯皮夫的声音还是沙妞的声音?这是树林中大嫂子的声音还是依卡填充进来的声音?

"啊,莲花,啊,莲花……"

"啊,想家,啊,想家……"

依卡继续往山上走。

他背手前倾,这样往上坡爬,能省点力。

"又上去干吗,就为送这半块驼蹄?"

依卡长到十七岁,还是头一遭被从口中夺食。

见了沙妞,他便从脏兮兮的裤子袋里往外掏,他说这东西好吃。

"哪来的?"

"偷来的。"

"偷?你是小偷?"沙妞这么想时,努力没发出声来,手里死死地攥着那半块驼蹄。当她咬驼蹄时,发现依卡的牙很白,他的嘴张了张,他馋了。可是,沙妞没举过来驼蹄,也没说"你咬一口,你先吃一口吧!"

远处,有一团白色物体蹿动,像是穿了白衣服的人在往上走。

依卡腾地站了起来,从地上摸了一块石子,抛过去,又摸了一块石子抛了过去。

"王八蛋,哪个王八蛋,等老子剥你皮!"

"我是你二大爷,来吧,我撕了你的皮,让你再装人。"

对骂两遭,声音消失了。白影子像是停滞下来,一下子不见了。

"你骂谁呀?"

"尼桑仁。"

"尼桑仁?干吗的?"

"拉骆驼队的,呸,偷骆驼的,专偷别人的贼,险些丢了命,不藏到这个山岬缝,就让村长削了他的脑袋……"

依卡自顾自地数落,沙妞自顾自地吃驼蹄,她的眼前出现了山脚下的骆驼队,西天边有霞光时,她也看见了那个叫尼桑仁的穿白西服的男人。多帅气的男人,他会偷?她情不自禁地转过头,看了看看不清全貌的依卡,他正在颤颤悠悠地抖动手,除了白牙齿,什么也看不清。沙妞心想:应该是贱骨头吧,他还跟骆驼队的头儿叫板。

"哼——"

沙妞鼻息里的声音,依卡好像根本没在乎。

"你不信,是吧?"依卡用脚踢了脚下的小石子,小石子往山下滚。

沙妞拿着没吃完的驼蹄,屏住了呼吸,不再张嘴,不再发声。

"这个贼,不会揍我吧?"她正琢磨着如何逃脱。就在她想喊一声"酒爷"还没喊出声的时候,依卡坐了下来,坐的位置在她左边偏下。他的脸朝着山下的方向,好像专心地听着什么。

"啊，想家，啊，想家，啊，想家……"

小树林里传来歌声，一声比一声高。

"妈——妈——妈——妈——"

黑山羊叫了起来，一声比一声大。

"趴下，趴下！"

酒水怪不耐烦的声音里有说不出来的焦躁。

沙妞很害怕，她觉得有什么事要发生似的。她一声没喊，一动不动，突然，太阳钻出云层。

"妖孽，妖孽！夜里出太阳！"

依卡骂得十分难听，太阳躲回云层里。

"小心点呀，告诉你啊，那个尼桑仁可不是人啊！"

依卡根本不知道沙妞听没听，也没去考虑沙妞想啥，自顾自地说起来。

他说，尼桑仁是在一个漆黑的夜里带着几匹骆驼、一条狗和几个男女进了生产队的大院，什么都没说就把他赶出了生产队大院。

他的骆驼的驼峰上有各种好酒，那个晚上就请村长喝了酒，还让人抬了两箱送到村长家，第二天，全村人都联起手来把依卡赶出了村，不允许依卡进别人家的院，连瓢水也不给喝。

依卡离开了村庄。

"为什么？不讲理呀？"沙妞问。

"笑话，哪有理？"

依卡嘟囔了好些话，然后怪笑一声，说："人不报，天报，村长险些宰了他。那天，要不是有人救火及时，大火熊熊,就把尼桑仁那伙人活活烧死在生产队大院里,而且无处申冤,死无对证。"

"村长喝了他的酒还要烧死他?不明白!"

"你还小,不明白。"

依卡本想收住嘴,但气不消,他站起来,一边扑打着屁股上的土,一边往山下走。

"走了,你长点心啊!"

依卡好像是沙妞的什么人似的。

走了几步,依卡停住了脚,狠狠地甩出一句话:

"尼桑仁偷了村长的情人!"

依卡怕沙妞不明白,又往回走了几步,告诉沙妞,村长的情人怀上了尼桑仁的孩子,尼桑仁就把村长的情人接进了他的大院,睡在他的炕上。

依卡扬长而去,一边下山一边大声地唱。

"遭天谴啊,遭天报,死了媳妇死了娘,孩子刚下生就没了娘……"

"哇——哇——哇——"

酒爷说山脚下有婴儿出生了,刚出生就死了吗?

不会吧?

沙妞望着天,天上有了太阳。

天黑了,

空中的太阳隐去。

山峰三分之一的山体微微颤动。

不是地震,

地震没有发生。

酒水怪一个人坐在山尖上。

好长时间,他没有卷纸烟。他刚要卷纸烟,就闻到了烟味,感觉熏得慌。应该说,烟味开始让他觉得恶心。

戒烟,从没这么想过。从前,人劝他戒烟,他说戒烟就等于戒命。

山风吹过,浑身清爽。一种薄薄的东西从天上落下来,从他的眼前掠过。

"薄暮",还是"薄幕"?

酒水怪读过书,但到不了咬文嚼字的程度。

确实,整座山被清理,被遮盖了。

山风送来了花香,淡淡的,但越来越浓。花香一股脑地冲进鼻孔,冲进了腑脏深处。

醉了,醉酒的感觉。

不是什么洒了迷魂药,但是酒水怪的两片眼皮却往一起粘。透过微微的一条缝,他努力瞅,却辨别不出更多的什么,只是看到一片紫色。山上花开了,满山都开了紫花,越开越多,越开越盛。他的脚都被紫色的花所遮盖。

恐慌感倒没有。

"我要死了?"酒水怪这么想,"不会,不会死!"

下意识地,他张了张嘴,他想喊斯皮夫,想跟她商量点啥,有几句话想跟她说。但,他的嗓子发不出声。

"妈——妈——妈——"

黑山羊又叫了起来。

也许,黑山羊就在不远处。

酒水怪不想回头,或是因为脖子僵硬回不了头。他没有寻找,也没有四处张望。

这个时候,黑山羊回来了,走一百多里路,找回来,为的啥?

接下来,酒水怪满脑子都是与羊有关的想法。他打开手机,仔细查看了分出去的两群羊。其中有一只黑山羊的警报器在震颤,它正在往草场西侧的产羔房里跑,要生了……

他收了手机,笑了笑,对自己说,明明分出去了,何必还操心。放下,放下,需要过程,也需要境界。

刚才要产羔的黑山羊,也许是找回家的这一只黑山羊的孙子,或是曾孙……

羊的基因里也有想家的情怀,直系子孙心连心……

"扯淡!"

酒水怪最看不上爱扯淡的人了。他把最大的那两群羊给了大儿子,大儿子是第一房妻子生的,第一房妻子姓常,叫常田英,是大户人家的姑娘,人聪慧,懂得妇道,灵性足,很少惹男人生气,只是福分太浅。

"怪我,太怪我喽!"酒水怪想起了常田英生产时呼喊挣扎的情景。她大汗淋漓,最后一声呼喊十分微弱,产婆突然大声问:"保孩子保大人?"

"都保!"

"屁话!"产婆端着两肘,手上沾满了血,"快说!"

"留下孩子——"

酒水怪至今还为这句话后悔。

产婆得了他不少接产的钱。日后,酒水怪还送了她两只大羊和一只羊羔。

至今,除了酒水怪和产婆,没人知道他说过的"留孩子"的话。

至今,酒水怪一直关爱帮助两个妻弟。现在,有五百只羊的羊群和三百亩草场都在妻弟的手上。

愧疚感咬人心。

后来娶的妻子比第一房妻子会说几句话,表现乖顺一点,更勤奋一些,但常让酒水怪气不顺。也不是因为一直恋着前妻,只是这一房妻来自死山沟,从小没妈。他最看不惯这个女人的是她总做"眼面活",总觉得她很肤浅,只要他和大儿子单独相处,她总是偷听。但她不属于刁钻一族,只是一直怕酒水怪不宠她自己的儿子……

"倒也不怪!"

酒水怪常常这么开导自己,常常赞赏第二房妻的理家才能。

"唉!"

酒水怪的一声长叹,让整座山的紫花几乎同时颤动了一番,好像三分之一山体在分离波动。

酒水怪深深地吸了一口花香,撇撇嘴,嘲弄地喊了一声。

"啊!"

他伸了个懒腰,然后坐下。

"震就震,跳进岩浆烧死不足惜!"

酒水怪习惯地摸卷烟纸,手抖个不停,也就作罢了。

酒水怪重新坐下,心里想,二儿子看上去窝囊些,老实厚道却又算不上老实人,看他那眉眼以及嘴角上的笑,都像他的母亲,都像他的姥姥家人——卑微、假真诚、没汉子气……

天空中,太阳重现。

酒水怪卷好了纸烟,把它叼在嘴上,红火头一闪一亮的。他感叹自己老而无用,不然的话,他还要再娶个老婆,不为别的,只为留个好种。如果他是个男孩,一定像祖上教育的那样,像祖上吩咐的那样,翻山越岭地去为他寻女人,寻一个家世好、智慧超群的女人为妻,锻造好子孙。

斯皮夫那样的女人,生的儿子一定俊俏挺秀、超群出众。

他把烟头抛出去老远,轻轻地骂自己:"老不正经的。"

山又在动,紫花在山风中发出飒飒的响声。

今夜有太阳。

今夜,叫酒水怪的老男人用他所有的心思捋他的昨天,发掘他的未来。

他在搏斗!

他做的这场搏斗,是关于基因、文化方面的。

尼桑仁反复地往山上爬,他回到山脚下,又爬上去,又回到山脚下。

做一场交易,用什么交易什么,他心里清楚,但他摸不准说不清,他的交易能否成功。

他是商人,也是贼,商人需要交易,交易需要成本,贼也需要成本,哪个成本高些,没法衡量。它们有不同的角度,不同的出发点,不同的计算方法。

这次的交易非做不可。

摆在眼前的这场交易做不做是他的心无法躲藏、无法逃避的,和他一生所做的红火交易一样,都得做。这交易做成做不成,障碍在哪,他是一清二楚。

魔火烧红了他的汗毛。

往上走,途经白鼻梁沙带时,他发现,斯皮夫依然卧在沙带上。

确定,她没有死,但能不能活过来,他并没有判断标准,如果活过来,有用,活不过来,也有好处。

当他把抱在左臂的玫瑰花轻放在她头的上方的时候,突然狂风大作,白沙迷了他的眼睛,他揉揉眼,发现她只剩了脖子以上的部位。他躬下身,伸出手,想试试她的鼻息,见证她的生死。

"嗷!"一声类似狼的叫声从他的内心发出来。他弹跳着逃开了。

他掸了掸身上的尘土，还有臂肘处残存的花叶。

他用手帕擦了擦手指，十分小心地摘去最后一片残叶，歪扭一下脑袋，确定胸部的西服没有污渍。

为什么几次三番地向山顶攀登，其实，他心里很明白。但这一次行动，这一次要做的交易，到底有无意义？像任何一次想做的交易一样，有无意义他是说得清楚，可是绝对没有任何逻辑性的清楚。

每一次冲动，他都要到了他想要的东西，但同时失去了他不想失去的东西。刚刚发生过的那一次，险些失去了脑袋……

在同一处跌倒？

这回，该不是吧？

他把新烤的一只金黄的驼蹄从后面的袋子里取出来，用一张包花的亮光纸重新包好，还将西装上衣袋里的小小红花别在角包的缝隙处。

他知道，山顶上没有任何一个人会在意他的任何举动，当然，就连酒水怪也无从知晓他这一次内心的诡秘。

话说回来，酒水怪不屑于他任何一种心理反应和他的现实存在，他和他的几匹骆驼乃至他的随从，在酒水怪的眼里不过虫豸而已。他的眼睛根本没有见过酒水怪的模样，这个名字也只是从他刚刚死去的老婆的情人——村长嘴里听说过。这个名字，可能会成为他目前最为在意的一个名字，他知道，这是他无法交易的，他也绝不会狂妄到那种程度。

天上的太阳又一次露面时，照在他一颗门牙上，而且那颗门牙突然磨疼了他下唇。

"什么兆头？"

恐慌。

"什么兆头？"

浑身颤抖。

天空有乌云，太阳不见了。顿时，雨点子往下砸，砸痛了他的百会穴。他用手捂上去，抬头间，发现山顶处有光，太阳照射着那一片山石。

"嗷——"

雨点子，飞沙走石一般的雨点子斜抽在他的脸上以及鼻翼两侧，疼痛实在难忍，他便趴下来，趴在白鼻梁沙带里。

白沙是否也将他深深地埋住，他来不及再多想，失去了知觉。然后太阳从乌云里钻出来，金光灿灿，照亮了白鼻梁。

"我爱的事物清单：泥土，食物，贝壳，人的头发……"

斯皮夫的手指被戳动。她感觉到有张纸条，纸条上有字。她努力地睁眼睛，辨认一下那上面的字迹。

她翻了个身，似睡非睡地侧向另一面。其实她觉得是莲蒂祖姑奶来了。她的到来并不像往常一样给她带来欣喜和盼望。祖姑奶的声音模糊，说得简洁，像是在替什么人说话。

"对我来说——我想我感到的罪必定意味着,我还没有活得很好。"

"我知道,这是露易斯·格丽克的诗,祖姑奶也爱诗?"

"也许,诗才能解释万物。"

呵呵呵,我笑了。

唉唉唉,我哭了,

"你再睡一会儿吧!"

祖姑奶起身上行。我想对她说,我已"沉入到来生的恐惧之中"。

我的周围响起一片嘈杂之声,是刀枪剑戟的碰撞。

争什么?

抢什么?

魔爪带着绿毛。

舌头伸出嘴外,流着有毒的涎水。

心为记忆狡辩,用如簧的巧舌擦拭卑微的记忆,劣根性无法给你想要的高贵!没办法,只有再生,生到有高贵血统的人家。

"我厌倦了人类。"

她说,

"我想生活在太阳上——"

难怪,

今夜有太阳!

太阳来接我,

太阳是那样地灿烂!

莲蒂祖姑奶从太阳上走下来。

我知道,

她和好多人、好多神,在谈论我的生活。

其实,

这一切都是我的错误。

可是,亲爱的你,告诉我,如何才能不犯这种错误,谁能不犯这个错误。

她决心,今夜,不理祖姑奶,不跟她对话。她知道,她的心肠被乱箭穿透。她不想抬头看任何一个地方,虽然,今夜有太阳,"太阳在那,在那光秃秃的地方"。

这太阳,无法抵达孩子的心。

"能看到外面,但你不能到外面。"

莲蒂祖姑奶,请收回善举,我无法躲避。

甚至,我无法托生。

有些事,

很乖僻,

有些结节,

很神秘,

为什么,

两只脚,

先后踏入一条船。

一样的船帆,

一样的船长,

一样的船员。

祖姑奶,你是幸运的,当初,聂晋宇没有把娶你当作恩宠,没有让你落入不可治愈的哀伤汇成的海洋。

但是,你们生活在一个梦里。

我不想生活在梦里。

梦里虚幻的,

是没有门窗的白房子,

我要用剑挑开白色的朦胧,我要大喊大叫,

这是一些什么,

乱七八糟,

黑白颠倒。

是谁,

让我跌进这漫长的隧道?

是谁诱我进深渊,

又再救我?

我要黑暗,

我要毁灭一切,

别再晃我的眼睛,

别再点燃我孩童般的心,

我的心是玻璃的,

尽管我千百次地警告我自己,

但我还是描绘明天的玫瑰。

不可救药,

无法照亮,

不要,

夜里何必有太阳!

山洼洼里有窸窣之声。

山边的小树林里有歌声。

鬼魂般的、几乎带有恐惧色彩的声音笼罩了整个山谷。

酒水怪独坐于山顶,他想离开这座山。他也习惯地打开手机,瞥一眼"羊群游动管理站"群,似乎什么也没看清楚。

现在,他只作为个体坐在山上看风景,似乎也厌倦了。

> 我很久不曾回去。
> 当我再次看到那块田地,
> 秋天已结束。
> 在这里,几乎没有开始就已经结束。

这两句诗,斯皮夫也听到了。她在心里嗤笑,没听说叫酒水怪的人懂诗。不过,有人在太阳底下读诗。

> 对我的孩子们来说并非如此。
> 他们督促我立下遗嘱,
> 他们担心政府会拿走一切。

斯皮夫像是由昏迷状态走向清醒状态。

她想爬向山的顶峰,也去跟酒水怪借条卷烟纸和一撮烟末,像他那样展开衣襟,挡住山风,把烟叼在嘴上,自己看着自己唇上的一闪一烁的红火头,然后熄灭,抛出去,让那烟头掉在枯草烂枝堆里。

"够爷们!"

也要当个爷们。

鄙夷自己,需要勇气。

她开始鄙夷自己。

从来没有像今天这样,

鄙夷自己!

阴阳失衡,

混淆是非,

蔑视自己的时候,

应该到了。

你想蔑视谁,

谁都想蔑视,

没用。

该蔑视自己,

呸!

怎么会在狗窝里,

是狗把我拖进来的,

呸,

本来,

我就是一条狗,

所以,

昏睡在狗窝里。

白色的西服,

胸前的那朵,
狗尾巴花,
充什么绅士。
托着什么蹄儿不停地往上走,
以为我看不出来。
休想再一次,
和我交易。
没办法,
我看清了那张嘴脸。
狼,
变成了猪。
呸!
他是对的,
交易,
永远的交易!
狗,
一条狗,
矮化了。
猪,
一头猪,可怜的猪。
斯皮夫又一次昏睡,
重度昏睡。
她看不见头上的太阳,
也听不见山野里的风声。
其实,不必诅咒,

应该诅咒自己不小心埋在脚底下的,
狗粪!
狗粪,
族群的丑陋!
虫豸!

唉唉唉,哭声,
哭声四起。
山野里一片哭声。
小树林里有歌声,
她的儿子死了,
丈夫也死了。
哭声哽住。
今夜为何有太阳?

并没有什么人支上三脚架,也没有哪位摄影师打开摄像机。

但是,一个叫依卡的人,脑子里记录了一段视频:
白鼻梁山,
一条银白色的沙带。
斯皮夫侧卧于沙带,处于似睡非睡的状态,

离她约两米远的斜上方，

酒水怪双唇嚅动。

没有人听到任何声音，当然也无法知道他在说什么。

好像，依卡看到了一片烟。

依卡欲脱去有酸臭味的衣服，要跳进湖里洗澡。

此时，

此刻，

湖水干涸，一条鱼尾巴朝上，尾巴不停地摇摆。

依卡捡了石子抛出去，打在鱼尾巴上。

鱼死了。

"讨厌！"

愤怒的喊声是沙妞发出的。

沙妞从山顶走下来，朝着酒水怪坐着的地方而去。

依卡从东山坡方向走过来。沙妞侧转了一下脑袋，避免与依卡在某一点上交叉。

依卡手上托着的是另一半驼蹄，像是向沙妞走来。

呼的一声，炸响。整座山一片光亮，一个火球模样的东西在沙妞面前落下。

"啊呀！"

"小心！"

两个惊呼的声音，来自两个人。

一个衣衫褴褛，鼻子和脸都是黑色的，耳朵眼好像都沾满了灰。

他手里托着半个驼蹄。

他叫依卡，

是被赶出村落的私生子。

另一个衣冠楚楚,穿着白色西装,胸前袋子里别着紫色的巾帕,虽然叠得并不规范,还是点缀了他的风雅。

他手里托着一整只象牙黄的驼蹄。

他叫尼桑仁,

曾经拥有骆驼队,曾经偷了村长的女人,险些被大伙烧死。

此刻,他们往山上移动,依卡以为尼桑仁要把驼蹄送给斯皮夫。尼桑仁根本没在乎或者说根本没发现什么人也托着一只驼蹄往山上走。

酒水怪十分警觉地回过头去,寻找沙妞,看她在哪里。

沙妞像是朝着酒水怪的方向移动。

酒水怪开始在自己身边点燃篝火。

"来,沙妞,快过来烤火。"

酒水怪的鼻息里发出笑声,笑声本不大,但回声像响雷一般。

尼桑仁定在原地不动。

依卡继续往篝火处走。叫不上名的火星飞溅,像是燎了他的睫毛。

依卡用双手护住双眼,转回身往后走,不时地再侧转身,盯着尼桑仁。尼桑仁在原地不动,依卡又捡起一枚石子,咻溜一下扔出去。

"哎哟!"

尼桑仁应声倒下,血从眼眶里流出来。

疼痛的叫声比刚挨了刀的野猪的叫声还真实。

尼桑仁痛得满地打滚，顾不上想是哪来的如飞镖一样的东西。

后来，他跟人透露，打坏他一只眼睛的人是村长派来的杀手。

他是说，他与村长的一场交易完全落空。

他白送了红酒，白搭上了一沓一沓的票子，村长的情人也白搭了命。

哀哭之声不是从喉咙里发出来的，也无法断定这是谁的哭声。

山上的人以为她死了。

斯皮夫死了。

一点气息都没有了吗？

围过来的人有酒水怪、商云子和沙妞。

他们走不近她，总觉得自己是在向她身边靠近，可是有一团黑乎乎的影在那隔离着，阻挡着。

"魔！我们遇到了魔。"酒水怪说着便原地坐下来。

商云子坐下来，

沙妞也坐下来。

沙妞很乖。

商云子想拉一拉她的手，

沙妞没有伸出任何一只手。

一生就这样结束了吗？

不，斯皮夫也许在别的地方。
沙妞突然这么想。
但是，她还不会表达自己，
也无法用语言描述什么，
她还无法找到一间记忆的仓库。
她想哭，
但她基本上不会哭。
今夜有太阳。
太阳在沙妞的两耳之间穿行。
太阳始终跟着她。
对于她来说，
还只是一些不连缀的印象。
她不知道将发生些什么。
也没有害怕，
似乎，
她在盼望着什么。
盼望什么呢？
盼望着像斯皮夫那样，
在这个寒冷的小山上，
在这个没有任何意义的地方，
永远昏迷，
但还活着。
沙妞没有向商云子靠拢，
她觉得商云子没有呼吸，
虽然她就坐在那。

酒水怪想说点啥,
想吩咐商云子用纱布,
蘸些水润一润斯皮夫的唇。
她的唇应该是干燥的,
是否还粘着白沙?
他甚至希望有人哭一场。
偏偏,
这里没有人会哭。
商云子,
燃烧时都会沉迷于一个地方;
沙妞心肠太冷,
压根哭不出来。
突然,山那边小树林里有歌声,
她死了儿子,
又死了丈夫。
悲苦到了极致,
痛而不哀,
还是哀而不痛。
只能说,
那种悲苦达到了极致,
那歌声很美。
在这夜空的寂静之中,酒水怪几乎忘了自己身在何处。
他时刻准备着,
准备着去对付一切可能需要对付的死。
这个有太阳的夜晚,

诡秘,

邪佞,

不知是朝着什么人来的。

他的两只眼睛,

变成了两个探照灯,

去搜寻目标。

看不到穿彩装的男女,

也看不到骆驼队。

那个叫尼桑仁的,

也没有了动静,

他的眼睛,

有一只瞎了吗?

左眼,

还是右眼?

戴上墨镜,

他还是英俊的,

哪来的那么个种,

不停地上山下山,

逡巡。

这一回,

他要什么?

斯皮夫身前身后的血……

莲蒂祖姑奶始终守住白鼻梁山的白沙带——斯皮夫侧卧的地方。生死一线间,酒水怪一伙人接触到斯皮夫的身躯。游丝一般的气息一旦停止,斯皮夫,从此,活不成,也死不了,更无法托生为人。

还没为她找到安放生命的地方。

原以为,尼桑仁——余文娣的重外孙的家应该是好的去处。

看来,斯皮夫的决绝是对的。

那就跟她好好谈一谈,是时候了,非谈不可。

整座山没有了声音,没有歌声,也没有哭声,虫不再唧唧。

"在吗?"

"在!"

谈话就这样开始了,

"想好了吗?"

"没……"

莲蒂祖姑奶长叹,望望天,看看黑黢黢的远方。她想说:难呀。她也想说:遇不到就是遇不到了。这一遍没遇到,想再走一遭,也许再走一遭也遇不到,如果三生能有幸,也好!

莲蒂祖姑奶十分喜爱这个上下求索的人,不忍将心中所想说出来。

"再等一等!"

莲蒂祖姑奶好像是自言自语,但声音已经传到斯皮夫的耳朵里去了。他们几乎异口同声地说:"等一等!"

斯皮夫从昏睡中醒了过来。

清爽，浑身清爽。

重生，就是这感觉。

莲蒂把一条鲜红，不，正红的丝绸围巾戴在斯皮夫的脖子上，就在那一瞬，几乎是同时，空中的太阳从云层中露脸。莲蒂祖姑奶见斯皮夫仰头看太阳，恨不得脱下衣襟将整个天空遮挡住。

遮挡住不祥。

她明白，斯皮夫的聪慧是无与伦比的。

斯皮夫已经感到了生命中的某种不祥吗？

她们换了话题。

莲蒂祖姑奶说："那一边好多事也发生了不少变化，农政司司长近日怠惰，大有辞去司长职务的念头。那天，他竟破天荒地来到邓氏瓷器行参观，在那喝茶闲聊了好一段时间，不似记挂，倒像担忧。"

"担忧什么？"

"担忧你呀！"

"几世过去了，我差不多已将血亲因缘忘怀了。"

"哪里哪里，其实，你并没有忘怀，你对血亲因缘始终耿耿于怀，对你心中的念头十分执着，这我是知道的。"

"嘿嘿！"

斯皮夫笑了。

她完全醒过来。她告诉莲蒂祖姑奶，这一次，她不构想，不再执着，不再自以为是。她要像柳絮那样随风飘去,最好能承载真纯,不再奢求幻想,不再渴望雍容娴雅,不再让新的生命负载生命之外的东西。

莲蒂祖姑奶似乎没听见,或者说几乎忘了斯皮夫的存在,她依然对天呼吸,深深地呼吸,像是要呼出许多气雾,让这气雾变成罗帐,将这个金贵的肉体护住,凡夫俗子皆不可走近。

对着天上繁星,莲蒂祖姑奶用眼睛摘下鲜花。品相高贵的鲜花组成红罗帐。

有少年吟唱这红罗帐。

刹那间,祥云锦集,仙乐缥缈。

这,大概是斯皮夫几生几世追求的情境。

还她一个公道,就让她美梦成真,在这白鼻梁山上,让这白沙带做她高贵的床,让莫须有的空泛的树叶与群山将她封存于此。无所谓生,无所谓死,让她做梦。何时梦醒,看世情,看缘分。

"等我有闲,再来探望。"

莲蒂祖姑奶站起,虔诚默念,躬身下拜,然后携了一轮太阳钻入云层。

有鸟在白沙带附近盘旋。有明显标志的是画眉,好像还有山雀,还有一种尾巴长长、像花又像风筝的鸟,细辨,倒像一串凤凰花。

商云子和沙妞走过去时,那一块的白沙略略隆起,被鲜花簇拥。

商云子来探望斯皮夫,但说什么也走不到她的身旁,碰了自己衣襟的是绿树枝,挂住头发的是花朵。

商云子心有所动,知道这已是一座坟墓,这已是一个不能走近的地方。

突然,商云子有眼泪流出,她身子自然下斜,似乎卧在白沙带边上。不一会儿,她跪起来,对着侧卧着的斯皮夫,想说点啥,又无从说起,只有哭泣,不知何时已经哭出声。

很多年前,她跟斯皮夫共事过。她曾喜欢她,喜欢她睿智的面容,她不愿与她并肩,当然,她不承认自己自惭形秽。后来,她们有过一些往来,斯皮夫用羽毛点缀过她的发型。她明白,斯皮夫用一生追逐幸福,变着样地描摹幸福。

可是,

现在,她身在沙丘上,

她倒在坟墓里。

坟墓里埋着幸福?

还是,

幸福在坟墓里?

商云子觉得脊背处有凉气进入。她出了一身冷汗。

沙妞站在商云子的身后,她的目光早就从白沙带转向山脚。不远处有白色的光闪烁,有个人影。来人的左臂上托着用凤凰花编成的花篮。

哦,

他也是来看斯皮夫的。

商云子在哭,

又有人送花篮,

什么人死了吗?

没有,

没有人要死,

斯皮夫正在酣睡。

那个往上走的人叫尼桑仁,被依卡打坏眼睛的尼桑仁。

他来干啥?

他也喜欢斯皮夫?

他的鲜花是求爱的?

他的右手干吗还托着完整的驼蹄?

用驼蹄来交易?交易斯皮夫的美貌?

不,

美貌,

是斯皮夫的昨天。

酒水怪爷爷说,

尼桑仁是天下最会交易的人,

他蓄足久长的力量。

他有别人看不出来的狡诈,

他甚至用吃亏的、无能的手段,

去交易,

他交易了很多事情。

他也很会挖坟墓,

为自己，
为别人。
风大作，
山颤抖。
"沙妞——"
酒水怪在呼唤。
"沙妞——"
斯皮夫在喊。
"回去！"
并没有魔鬼。
他们为何如此声嘶力竭？
他们大概是在告诉她，
尼桑仁是来交易纯真，
交易青春的。
喊声太大，
哭声也大起来，
沙妞被旋风裹挟到天上去，
又被重重地摔下来。
沙妞也倒在白沙带中，
沙妞倒在斯皮夫的怀里，
不，
沙妞把斯皮夫抱在怀里。
"莲花——
啊——莲花！"
"开在心上，开在脑海。"

"若隐若现,似是故人来。"

"我愿化作莲花伴你身旁,只为那一年的盛开供养……"

沙妞一只手腾空,在空拍着什么,大声地吟唱李玉刚唱过的歌。

整座山都在唱。

"一次一次尘世中游荡,那一声声菩提的回响。啊,莲花,啊,莲花——"

沙妞一个人唱。

细胞壁,

细胞核。

世事大梦一场。

并不存在一场大梦,

此刻,这里有人在动,

前时,这里白骨腐烂。

今夜的太阳,

正在照耀这座大大的坟墓。

这里,

埋葬的,

正在腐败着的,

是我的先祖,

是你的曾祖。

今天,
我们来到这里,
认祖归宗。
归宗,
哼,
哪里是你宗亲的白骨,
不要再造新词。
你看,
山坡上,
到处是
石砾砂姜。
哪一年,
哪一场运动,
这里,
滚下一块石头,
石头粉碎了,
这里的石头胀裂了,便成了山丘。
这里便成了先祖的坟墓。
我突然,
认识了快乐,
好难,
世上竟有快乐。
在这一时刻,
当我早就把快乐当作狰狞凶兽的时候,
快乐,

竟这样,
温柔,
妩媚地,
向我伸出手,
还要拥抱我,
让我生出千百种的蔑视。
胸花,
驼蹄,
俊容,
通通见鬼去!
幻术,
幻术迷惑了我的眼睛。
不认识欢乐,
因为世上没有欢乐。
不认识幸福,
因为世上没有幸福。
鞠躬尽瘁,
为幸福卑微。
才抬出一具又一具的棺木,
才掘出了一座一座的坟墓。
今夜有太阳,
照亮了坟墓。
照亮了我的心房,
照亮了我的面庞。
不用花一分美容的钱,

我有了如婴儿一样的肌肤,

有弹性,

不管是肌肤,

还是一颗均匀弹跳的心脏。

"一次一次尘世中游荡,那一声声菩提的回响。"

今夜,

这座坟墓里,

有歌声,

有歌声。

歌声,

好听!

抢,

偷,

恐,

都是因为时间。

时间是生命的再现。

斯皮夫关掉了酒水怪的电话,她说:"我的时间有限,我抓紧思考,不依据任何哲学家给出的命题,不依据一次又一次游荡时获得的经验。这一次给出的命题,应该是只属于我自己,我自己拥有,我自己使用,再由我自己贩卖。但有一条,我不拿它出去交易,绝不交易,用尽了一生的力气,做的这一命题,绝不交易。"

其实,尼桑仁,有很好的一个可选择的目标——俊容。但,从哪里会看出、会想象他有交易的才能。对,他是美女余文娣的重外孙,基因的力量任谁也抵抗不了。

不再游荡,不必游荡。

不再使用幻术。

这里,

就是天堂,

坟墓,

就是天堂。

斯皮夫关掉酒水怪电话后,发微信给他。

"酒爷,怕浪费一分半秒,但愿我能够思考。"

"思考也是枉然。"

酒水怪回了微信,电话不再响起。

任谁的任何言辞也无法对斯皮夫产生任何影响、任何警示,

对她,

不起作用。

任何爬行着的生物,

都不会引发她任何兴趣。

今夜,

此刻,

整座原野,

整座山体,

整个宇宙,

空静,

凛然。
万物鞠躬,
给躺在坟墓里的,
有呼吸能力的人,
终于能认识快乐,
不,
终于能给幸福终极解释的人,
鞠躬,
三鞠躬。
没有声音,
不知道什么叫没有声音,
不知道怎样书写什么叫没有声音。
黑暗,
黑暗得不见五指,
黑暗到绝望的程度,
黑暗到深感窒息,
黑暗得不知所措,
黑暗得无法想到还有什么比这更黑暗的时候,
悄悄地,
厚云层中,
有蝉翼一般的羽翅颤动,
龙虬盘旋处,
闪过光环。
一轮太阳,
一轮任谁也无法相识的太阳,

悄悄地,
默默地,
悬在那,
今夜有太阳!

斯皮夫的手机响了,
打电话的是尼桑仁。
斯皮夫想说:"不要痴心妄想!"
尼桑仁说他的太姥姥叫余文娣,但他没有把太姥姥的话放在心上。
斯皮夫笑得双手颤抖,终于大吼一声:
"痴心妄想,这一次,你的交易会落空!"
沉默,
有一分钟。
"当玫瑰不再绽放, 紫罗兰也已凋落。"
斯皮夫没让咒骂的言语出口。
"去你的,别作践狄金森的诗文,你也配!"
"你想错了,斯皮夫,我不会打你的主意。"
"你打谁的主意,我心中早已有数。尼桑仁,你这个善良的小人,休想去玷污纯真。那朵美好的花苞已经在别人的手上,小心点,那只右眼。"
尼桑仁从腰里拔出弹簧刀,向山的东坡走去。
山坡那边小树林里的歌声又开始了。

时断时续，偶尔响亮，偶尔低沉。

依卡从小树林里走出来，没有遇上尼桑仁。他不知道这山上有人寻他，但他倒知道自己想寻点什么，可又不十分确定。他想听到那只黑山羊的叫声。

"妈——妈——妈——"

黑山羊叫的地方，有一处篝火，有篝火的地方一定有它，也会有她。想到她，就会想家。

"妈——妈——"

依卡学着黑山羊的样子，一遍一遍地叫起来。

总有那么一种东西，在说不清的地方，说不清的时候，就会想起。其实，这已经是忘记，忘记了没有像现在这样想家。

有一个金属器械飞过来，他双足一软，就地趴下来。那伤人的家伙什落在了没有颜色的草丛里，不用寻找，让那东西在梦中流离辗转。

依卡早已不知道用什么化解仇恨，也早就忘记解释仇恨因果的办法。

今晚，他有自己的任务。虽然任务的名称很模糊，但他知道，一切都在这山上，一切即将发生。因为他听到黑山羊在叫"妈——妈——妈——"。

它和他一样，想家。迷离恍惚中，想家，这个念头攫住了他们的心。

那团篝火就是希望，他手上有一只生驼蹄，他想借酒水怪的火烧熟这只驼蹄。这是一整只，倘若还有别人，可以送一块出去。那个叫商云子的人，他应该也见过一面，就在他被撵出村的时候,在生产队门口的镶有铁钉的木制门旁看过她一眼。不知道她算不算慈祥,只觉得她很深厚,深得不见底,无法辨出她是哪一门派。光说她是一个好人,还不够。

如果今晚,能遇见她,在篝火旁,他一定把烤熟的驼蹄给她一块,说不定沙妞会非常高兴。沙妞高兴,沙妞不高兴,很重要吗?有关系吗?

但愿很重要,

但愿很有关系。

篝火,比山下那一片篝火还旺的篝火。

篝火映红了天。

笑声,吵闹声,喊声,像是很多人。

斯皮夫感觉到了各种声音。

此刻,尼桑仁、依卡、商云子、沙妞,应该还有小树林里唱歌的妇女,那只黑山羊也参加了篝火晚会。

酒水怪的脸上荡漾着笑容,笑得很开心,笑得很敞亮。

他是今夜晚宴的主持者,像个封建社会庄园里的地主老太爷。他话不多,端坐于山峰之上。他身后有个钢铁铸的耸入云天的大架子,那应该是航天标志。

先是,人们拿着铁条上串着的肉条在火上烤,多数人烤的是羊肉,尼桑仁突然拿起一只驼蹄去烤。酒水怪的眼睛盯住了那只驼蹄,他想从他手上接过来,替他去烤。

酒水怪与尼桑仁眼神的交换，有一个人发现。

沙妞看见了。因为她的眼神里有萌动的欲望，灵魂最深处的需要是吃到烤好的驼蹄。

这时，就在这时，依卡转回身，又转过来，将一只更大的驼蹄放在了篝火上。

木柴噼啪作响，火星变成了灰，四散飞去。有的飞上天空，有的不等飘向更远的地方就落在了草丛里。

有一个人，

有一个动作，

有一个细节，

引起了酒水怪的极大警惕：

尼桑仁的手在他身后的什么地方摸索。

衣兜？

屁股底下？

还是……

应该是刀，

尼桑仁在摸索一把刀。

酒水怪将一瓶法国葡萄酒高高举起，依着顺序往各人的杯里斟酒。他先走在尼桑仁身后，踢起一脚，一个黑影迅速地飞出去，顺着山坡，骨碌碌地滑到很远的地方。

鸟的惊叫声。

整个山林的鸟叫了起来。

"天黑，石子打不准鸟！"

酒水怪像是说了这句话，自己的酒杯便碰了尼桑仁的酒杯。

依卡烤好的驼蹄拿在了酒水怪的手里。尼桑仁的烤驼蹄掉在火堆里随木柴一起变成了灰烬。

接着是呐喊声、号叫声，还有哭声，不一会儿，变成了歌声。唱歌的，有尼桑仁，有商云子，有小树林里的那个妇女，还有鸟，百灵、夜莺……

山上的歌声有仙乐伴奏。

红酒醉了人。

歌声满足了灵魂最深层的需要。

白沙带里的斯皮夫想要爬起来，但她碰在了莲蒂祖姑奶搭建的房子的梁柱上，又歪斜地倒下去。

她心中暗暗佩服。那个酒水怪，用智慧和魄力制止了一次斗殴，制止了一场流血事件。

"够爷们！"

斯皮夫笑声不止，笑得眼泪都流出来。

爽快，畅快！

难怪，今夜有太阳。

"夜晚黑暗，但群星闪烁。"

不错，我是第一个醒来的人，或者说，我一直醒着。

斯皮夫这么想着时想呼叫莲蒂祖姑奶。但这一次，她像输光了的赌徒，小心地，异常小心地使用着最后一分钱。

她也不会再有更好的办法。

冥冥之中，我知道，我没处可去，或者说，没有人需要。世上并没有什么现成的为你准备好的完美房屋，为你教化了父母。你自己也不敢说，你已经准备好了，为什么人做父母，为什么人提供用鲜花做栅栏的游乐场。

奢侈，悲观，狂想，不，"欺骗。谎言。渲染，我们称为胡思乱想——"

凭什么，我可以希冀，甚至指派什么人去为我的来生准备活路。

那是因为，我的灵魂没死。我准备再活一次的灵魂是谁的生命？

斯皮夫开始认识到，莲蒂祖姑奶也无法再为自己指示明路。但是，她越发强烈地盼望她的到来。但她已经明白，她不可以随意飘动飞升，她无法再不经允许就离开莲蒂祖姑奶建造的栅栏。这栅栏上缠绕着鲜花，也有察觉不到的电网。

下次的出生，或许是唯一的一次出生。不可任性，不可盲动。如果能有不是逻辑的逻辑，如果神给她理性，她希望能找到再生的根性逻辑。

没有逻辑。

一切都没有逻辑。

算上这一世，她已经出生三世了。

如果有可能，多想一条出路。

听天由命，本来是最好的出路，为什么不认这个命，不认这个理？

斯皮夫强行命令自己不再听山上的歌声，不去向往那种篝火晚会。

也许没过多一会儿,或许就是须臾之间,她不再听到任何声音,也没有篝火晚会的幻象。这个世界,自有它本来的面目,不允许什么人乱想。她为这个世界,为自己,为他人,幻想的景象太多,别人无法见到,无法相信画面的绚丽。

斯皮夫强行关闭想象的器官,把自己的眼睛、鼻子、嘴都埋在沙子里,在白沙带上打滚。

什么也别想,

什么也别做。

什么也别想,

什么也别做。

没有人听到她的呼喊。

趁此时,独享一下这份宁静。

也许,这是属于她自己灵魂的真的生命。

不是别的,不是谁的生命。

夜——黑暗,

星——灿烂。

平过身,仰视。

有江河奔腾,

有山川隐约,

有万物陪伴,

世界本来很好。

星说:

"你和我一样,

"渺小,
"出现,一瞬间,
"消失,一瞬间!"
星说得对,
可你都不屑,
心中有气。
因为这是无法改变的。
月说:
"你和我一样,
"皎洁,
"并不格外明亮,
"无法如太阳一样明亮。"
为何不愿忍受,
应该去忍受,
去忍受属于月的,
那一份凛冽,
凄清。
如果不睁开眼看,
很多,
也就不存在,
受辱。
斯皮夫不再觉得孤独,
不再觉得灵魂的孤独。
也没有拔下任何一根毫毛,
可是刹那间,

她身边坐了成千上万个自己,

无数个自己。

她坐在中间,

她们团团围坐,

都低着头,

没人出声,

没人笑,

没人哭。

她们情不自禁地拉紧她的手,

说:

"千万别哭,

"我们自己陪伴自己,

"到永远,

"不离不弃,

"不用怀疑。

"要去哪就去哪,

"不必犹疑,

"生生世世,

"我们都跟随着你,

"不离不弃,

"永不分离。

"我们生活在自己的世界里,

"我们只能生活在自己的世界里,

"我们应该生活在自己的世界里。

"你瞧,

"有太阳,
"在那里,
"今夜有太阳,
"我们自己的世界里有太阳。"

"我是多么地爱你,可是我无法寻到。"

莲蒂祖姑奶坐在阴阳道口,希望用这样的距离来表达。

斯皮夫觉得这无形却花色斑斓的花房很美。祖姑奶说这花房的存在有时间限制。

她又听到小树林里的歌声。

那死了儿子也失去丈夫的妇女的歌声,有时倒听不出悲苦,歌声告诉人,她是幸福的。

几次三番之后,她无论如何不要见那歌唱的妇女,甘愿让那小树林里一片安静。

她不再翻身,或者说,她翻不动身。什么人将她冷冻。

没想到,这么快,就要与一个人分离,也没想到,即将分离,这么活生生的。

那个刚毅而敏感的总是为后死者做导师的人可能要辞世而去了。这是刚才梦中的情景。梦中,鬼影憧憧,我还是不想将这梦杀死。

长江上有三峡,那是闻名遐迩的水利工程。小三峡,位于长江的支流大宁河上,水绿如蓝。我坐过小三峡上的乌篷船。要辞世而去的女人将名字和故事留存在那个空间里。

却原来,死并不与谁无关。我并没有忘记珍惜,几乎像抚摸身下的这每一粒白沙一样抚摸过存在的真实,但是,有时,人还不懂得,或者说无意间的一种疏忽,或者说藏在人性深处的任性,要么是本来的状态使然,就那样令人可惜地丢弃过美妙。

你想了吗?

应该没有,

我想到了吗?

应该也没有。

或者有那么一瞬,

想到了,

把诗写在锡纸上,

包裹着一种任谁也想不到的纪念,

用一种通俗的方式,唱出了离别,唱出了花一般绽放的美好。

或许,那像花绽放时的轻声颤抖之音让你感觉到她眉宇间的不祥。可是,任何一个生命在任何一个生命将要离去时是不能用有形的刻尺量出距离的。

她并没有死,或许会侥幸留下来,用不存在的方式留下来。但,她的生命确实以不存在的生动让人去祭奠。她想问一问莲蒂祖姑奶她这个将死者的生命的谜底,或求坐在阴阳道口的祖姑奶再为她做点什么。但她无权也无力让莲蒂祖姑奶泄露根本无从泄露的天机。

"啊啊啊啊——"

"啊,莲花——"

这不是小树林里的妇女的歌声。

这是心向佛门的人的一首佛歌。

彻悟的人还是有的,彻悟的悲伤是欢乐的。所谓大慈大悲大概是这样。

也许,莲蒂祖姑奶不会来。

"啊——莲花,啊——莲花——"

歌声在白沙带若隐若现……

篝火旁的人停止了唱歌跳舞。

沙妞脱离人群,一个人朝着有歌声传来的方向走去。酒水怪看见了往下走的沙妞,她身后跟着那只黑山羊。

"妈——妈——妈——"

黑山羊想妈了。不,黑山羊想家了。

"妈——妈——妈——"

黑山羊像在小树林里唱歌的人,把美丽的歌曲压在一个更小的空间里——"带着悲哀的苦闷"。

  世界上没有足够的美,
  这是真的。
  我没有能力将它修复,
  这也是真的。
  到处都没有坦诚,
  而我在这里也许有些作用。

莲蒂祖姑奶,

离开了阴阳道口。

在树木成行的小径上,

且行且吟,

且吟且行,

渐行渐止。

在离白沙带还有一小段距离的时候,

她觉得,

树林后面,

鬼影憧憧,

可是,

她不忍杀死一个梦。

哪怕扑灭山上的篝火,

也无权杀死闪烁着的,

为人引路的梦。

阳光辜负了她吗?

"某种东西已经结束"了吗?

她渴望,

我也渴望,

她能单独留下。

凄苦已经静静地躺下,

已经"成了寒冷的群星"。

其实,

斯皮夫已经听见,

听见了诗歌,
也听见了小树林里的歌声。
其实,
都不是,
只是一个使者,
她怨"世上没有足够的美"。
她的心有足够的力量,
她幻想着,
用她小小的幻术去照亮寒星。
她不停地挥动左臂,
连右手指也在挥动。
其实不必反复提醒,
很多人都已看见,
今夜有太阳,
今夜的太阳照亮了,
"凄冷的群星"。
今夜的太阳照亮了,
"凄冷的群星"。
在斯皮夫身边的,
不是莲蒂祖姑奶,
是一个叫沙妞的姑娘,
她一个人在大声地歌唱,
她的手爱抚着的,
依傍着白沙带的,
那只黑山羊在叫,

"妈——妈——妈——"
今夜有太阳,
今夜的太阳,
也照亮了,
"凄冷的群星"。
今夜有太阳,
我坐在这没有烛光的花房。

"有癣!"
沙妞,为何坐在侧面?
她的脖子上有癣。
沙妞的亲昵,
无来由。
斯皮夫,
是那样地不喜欢。
她在心里,
不喜欢沙妞,
因为粗糙?
因为原始?
原始是美的。
估计,
莲蒂祖姑奶,
正在往这边来。

盼望，

确定，很盼望。

可是，不再有什么话说。

山顶上飘起了烟花，

烟花炸响处，

明显地，

白沙分野处，

——十字路口，

"白天的光亮变成了黑夜的光亮"。

斯皮夫，睡在十字路口处，

她的样子很平和。

有一个老师模样的人，

正牵着她的手，教她大声吟诵：

"凄苦还是厌倦，这很难说。"

她松开了老师的手，

不用她教，便先声夺人：

"在她自己与太阳之间，

"某种东西已经结束。"

她确定，

她没有"躺在冥王哈迪斯的床上"。

这时，老师挥起如白骨一样的凄惨的教鞭，

领她吟诵，嘱咐她不要跑调。

  她确实知道大地

  由母亲掌控，这些

确定无疑。她还知道
　　她已经不再属于
　　人们所说的女孩。

她觉得，这老师也没有性别，
但她对这老师，
保持着一份尊敬。
她觉得，
她所处的这个十字路口十分珍贵，
时而炸响的烟花，
不让叫孤独的鬼神存在。
她手里握着一把钥匙，
嘱咐一个人，
换掉门上的锁，
再给一枚新钥匙。
不，
她静坐在一具棺木前，
一声不吭，
满怀超常的虔敬。
她觉得，就应该这样，
由她送走这份神圣。
她早就不愿面对，
这份有腐败味的，
灵魂。
不是，

这灵魂是高贵的。
也许,
直到今天,
存在有何意义?
三番五次地谋划,
寻找,
莲蒂祖姑奶,
也帮不上什么……

分明是听到了脚步声。
"祖姑奶!"
斯皮夫没有喊出声。
烟花炸响,
天地间一片金光。
今夜的太阳,
不觉魔幻,
魔幻般炸响。
白鼻梁山驮着黑山羊,
被炸裂。
羊断成两截,
山也断成两截。
山峰——
在山体五分之一处,

断成两截。
山峰飞蹿,
山峰载着太阳,
飞蹿,
飘飞。
最后,
白鼻梁的山峰落在,
落在长江水面,
随着江水平稳地漂移,
这条由山体做成的船,
有酒水怪,
有依卡和沙妞,
还有小半只黑山羊。
黑山羊的脖子,
前腿,
还有那闪亮的眼睛,
"妈——妈——妈——"
叫声清脆。
白鼻梁山峰,
一直在水上漂移。
不断放出来的山上,
有太阳。
"等等,等等我——"
高声叫着的是尼桑仁。
尼桑仁在岸上呼喊,

尼桑仁不是李白,是尼桑仁,
在长江岸上踏碎歌声,
大放悲声。
"两岸猿声啼不住,轻舟已过万重山。"
这条船头站立着酒水怪,
船帆上写着几个字
——白鼻梁山。
白鼻梁山漂移了多少年,
上千年吗?
尼桑仁在岸上呼喊了一千年吗?
没人知道。
只是,
尼桑仁手上始终托着驼蹄,
后来,
见他骑在一头骆驼的驼背上,
手上有一面溅了许多泥点的旗帜,
黄色的,
旗上的字是怪癖的文字。
酒水怪说,那可能念作——交易。
尼桑仁,
——可怜的尼桑仁!
酒水怪的话音未落,
空中鼓乐齐鸣。
"莲蒂祖姑奶!"
斯皮夫的童音,

变成了沙妞的痛苦的呼叫,
——叫得撕心裂肺。
沙妞生了。
乌篷船向这边驶过来,
小三峡的水,
——好绿。
沙妞生了,
斯皮夫的啼哭声十分清脆,
依卡和沙妞,
成了斯皮夫的亲生父母。
莲蒂坐着乌篷船,
缓缓地离去。

斯皮夫做了沙妞的女儿。
我做了斯皮夫的女儿。
不用怀疑,我做了沙妞的孙女。

我母亲斯皮夫诞生在长江上。
我死在长江里。

 黑胡椒山

(一)

你去了二十天了。这边还一样,没有丝毫变化。猜想,你在静坐?冥想?估计,你在给这边的事打叉?也在给你自己打叉?应该说,灵性、灵感、灵魂都沾边。

至少,有三次,想去墓园看看去。因为纪念?思念?不知道,就是想去墓园看看。那是必去的地方,也是干净的地方。

那里碑石林立,树木草花很有生机。今早,我闻到了清香味。其实,那个地方挺好。有一座土坟,比一层楼房还高,在碑石间矗立,显得突兀。你穿了粉灰色的衣裙,还戴了一个类似睡帽一样的头饰,是否去了哈代笔下的农庄,做了农庄主的女儿?你伸出手,采摘坟头上的石竹花,很优雅。

"花给谁?"

"我有只小白兔。"

对!你有只小白兔。也许,你是一只小白兔。你卧在一只鹰的右前方,很乖很灵秀的样子,没怕,也没担心那只鹰。了解鹰?了解自己?

对，一只兔远比一只鹰可爱，也更让人喜欢。就做一只兔吧！白白的，灵活的耳朵，妩媚。把你手上的鲜花送去吧，小兔子很喜欢。

什么声音？不用问，有人把十字架砸下去了。

"一切都是早就准备好了的。"

不是梦！

一股黑雾浓烟从怪异的嘴里冒出来，飘向高空。很悲愤，很昂扬，一副势不可挡的样子。

因为，一切都让人感到无所畏惧！

炉里的火壮美，越烧越旺……乃至变成类如白色的灰。那灰没有坍塌，而是造型。嘴，不，喙，又弯又尖，勇武鲜活的姿态——活脱脱的一只鹰！

其实，是一只兔。

兔比鹰美！

不，那是抛下来的衣服——义无反顾地抛下来，永远地抛出去的衣物……

墓园里一片清香。

坟头的石竹花一片清香……

（二）

梦里，我得了一篇文章，托你给我二弟。过一些时日，你在那边熟了，寻寻他。我想念二弟了。

坐在餐桌前，一抬头，就看到了一簇白花。我窗前飘动着一簇白花。人说那花叫珍珠梅。叫什么不重要，只是那花只对我一个人点头，应该是和我说话，不，是我和它说话，说我的灵魂在那里——白花蕊里。

风不大，或者没风。树叶在动，白花在动。突然间，我听到有人在轻声呼唤。

"姐，姐姐！"

弟弟！我二弟！

他双手拨弄着枝杈，露出脑袋，还有那张黑的脸和高耸的鼻梁……

他朝我走来，笑得十分灿烂，黑的脸衬出齐整得有些美的牙齿越发地白。他的嘴不停地嚅动。

一缕风扑在窗上。我听见了他的声音，他说他在冥府里住得挺好，他在聂氏绸缎庄做了掌柜的。

"想姐姐了，也惦着儿孙……"

突然如芒在背，我不知怎么说，他的儿孙，我没照顾好哦……

低下头，转身的一瞬，见了沙发上那褐红的花枕头。那是他卧榻难起时我为他做的依枕，里面都是新荞麦皮……二弟走了七八年了，枕头还在。

窗外，白花还在，一年一度地开放，它总是在这个时候向我点头，跟我说话。我知道，不用寻找，我的灵魂在那里——珍珠梅的白花蕊里。

一忽，再抬头，看见溪畔的葱茏绿树中有个人在踱步，他耳朵上没戴耳塞，好像也不再思考，也许是在静静地寻找。这个人应该是告诉我这花名的人。他向我招手，我走出去与他一同走。我问他："你在干啥？"他回答得很轻，像是自言自语：

"寻找灵魂。"

"灵魂？"

"对，至善至美的东西！"

他走得悠闲，我和他走得悠闲。

我好像看见了很多灵魂，高雅地在远处走，甚至很拥挤。

我的心一下轻松起来……

二弟不孤独。那条路很光明。二弟不孤独……

（三）

窗外那一簇白花开得正盛。你伏在枝杈间，说话时露出的牙齿很白。你说，信没送出去，没找见我二弟。说完再三微笑，你从那枝杈间消失了。

我说："找找，会找到，或者说会遇见。"我是想说，遇见了，会减少孤独。我知道，你也知道，不可能。无边的孤独缠绕着这边和那边。

风轻云淡。

枝杈间晃动着褐色，蓝色还是绿色？说不清。凤尾鱼？一条凤尾鱼骄傲自在地舞动着尾巴。没办法，我把它装进极小的瓶里,然后把瓶口变小,没有盖子,也没想盖。

小瓶里不断往外冒着白烟。

我把装着凤尾鱼的小瓶放在茶几上……

你在你的房间里走,把那盏太阳能灯点亮。果真是亮了。

检点一下房间摆设的物件?还是收拾一下卫生准备过另一场日子?

你住的是六西区。

相信我的记忆,没错!离你的房子不远的广场上有几棵大树,头倾斜着往一起聚拢。自然界的有意,还是人工种植的无意?好像头都不完整。它们揳进我的记忆,想成为我来看你时的路程标记。

在冥府,应该也是子夜时分。你从房里走出来。你的房变成一房多高的冢,在林立的碑石间矗立。你围着那突兀的坟墓转圈,伸出手在坟头攀摘,坟头上只有一种花——石竹花。粉,粉白;白,白粉。细碎,曼妙……对,你是哈代笔下农庄主的女儿。

你茫然四顾,一片漆黑,应该是没看见什么。我听到你在说什么了……

"唉,我找了,没有找见。我没有找见你二弟。"

我听到了。

后来,你说,你碰见了一个人,那人向你打听我。你说,我很好;你说,我解开了公式,做成了一件事。

好像还不尽意。那人笑了。

无论你怎样地描摹他的身高状貌,我都想不出他是谁。你神秘地一笑:

"他是你用活的生命一直寻找的人。"

"哦……"

我陷入了沉思,向往。

我没有回你,在深沉的暗夜辗转。我身底下有虫在蠕动,没有点亮灯,把那虫认定为蚂蚁吧!我深沉地睡去,身体底下铺了一层绿色的玫瑰。洛阳?神州牡丹园?冬天了哦!确定,确实,不夸张,一朵绿色的玫瑰绽开,往我的腰里开,不是,是往腰子里开。腰身很舒服。憋尿,去了该去的地方消解。心念着快回去,到梦里去,那里有牡丹床,让那枚绿色的牡丹往腰子里长……

你在笑。你在笑我。你有笑我的理由。因为你是一个生命的见证。没办法,时光、年头、记忆,没办法。世上没有太多的为什么。

没什么,我倒希望你多采些石竹花,也愿你常穿那件有白绸边的鸡心领的很典雅的灰衫。那是你留给我最后的形貌,最后也是最应该留下的最美的印象。淑女的、静默的、似笑非笑的静意。那是一种分界,某种逞强、某种悍意消失得无影无踪。因为你要去哈代笔下的农庄,要做农庄主的女儿。

女儿、女子、女性,就是这样,这样的石竹花。

采吧,这石竹花是为你开的。

（四）

茶几上的凤尾鱼游动自如，也许它并不知道什么叫游动自如。只是，有人喂了它两粒鱼食，小心谨慎地，顺着瓶壁顺滑下去两粒鱼食。它的身边又多了一个小瓶，瓶里是一条红色的蝴蝶鱼，它的尾鳍短了些，背鳍壮硕了些。或许它是雄性的，它根本不在乎雌性雄性，朦胧中，它只记住了一个字——鱼！

那条凤尾鱼不是游，而是在飞、在舞。它根本没在意身边多了一个异性，进入了艺术的境界，进入了忘乎所以的境界。本来，它就不曾明白不曾记住还有什么我之外的境界。

蓝色的，与赭红色相配的生灵，游得越来越快，游得越来越潇洒……神启，不，它不懂得什么是神启。它本来就这样。它的神性是我没灵魂时硬赋予它的。是那条红色的蝴蝶鱼把它映衬出来的吧？

有一个人匆匆走过来，不，走过去，朝着神坛的方向走过去。他从容又急促，生怕什么人将他截在半路上。他要端坐在神坛，去听哭声，去听笑声，也去听歌声。

刹那间，或许也有一百年、几百年，天地间庙宇林立……"南朝四百八十寺，多少楼台烟雨中"，是谁，为什么要把人间变庙宇？天神宙斯的女儿雅典娜遵天后赫拉之命要去特洛伊战场帮助那个叫奥德修斯的人？有时候，神也可助人。人太苦了吗？不知道，鱼是不知道的。苦，不苦，与它没有关系。

人在述说，人在倾诉，人在哭泣！

该轮到我上台了。我手里捧着凤尾鱼。神坛上的人伸过手来，伸过双臂，要接这凤尾鱼？我不知所措，便委屈得不得了，惶恐得不得了，满肚子的话不知哪一句中用，只有流泪，只有哭泣。他也哭了，你也哭了，满厅堂里的人都在哭。泪珠太大太急，从屋顶上砸下来。天也哭，地也哭，天地一片，只有哭声。没有任何一块绢帛能擦干眼泪，没有一副臂膀能止住委屈。

生下来，就是委屈。像蝴蝶鱼那样笨拙地游，就是委屈。

请收下，这条蓝色的凤尾鱼哦！

（五）

今天的日子在没有记忆中记忆。你搬家到那边一个月了，路痴的我还是只身前往。为什么总是那样特别地前往，说出来了，听者信不信不说，可能也会令我自己茫然和痛伤。也许，本来就没有更多的人值得拜访。

六西区，没错。可是门牌号不记得了。依了三棵探头相依的残柳，眯眼，定心，定神，睁眼，抬头，一房多高的土坟不见，是一座塔。百八十米高还是有的，基座很大，猜的话，它是实心的。我没有细观察和追逐史料的习惯，心中只有崇敬。往前走去时险些与野生花卉编织的门相撞。我怕又犯心迷的老毛病，便在原地站定，眯眼默想。

哨音，美妙的哨音！

鸟鸣，无数只。它们从四面八方往塔上飞。它们是神圣的鸟。它们有坚定的信仰，它们喜欢塔。这塔有来头？

脖子仰得酸了。实在想不到多远……

那些鸟，有的在塔边徘徊，有的与同伴编着"花环"，玩耍够了就钻到塔身处的孔洞去了。

生存，为了生存。

塔基座边传来轻轻的金属串响和似人非人的无逻辑的声音……

"有本事，你在这守呀，守呀，守的人多了，下来的钱也多了，都饿死了……呵呵……"

这个女人五十岁？大花褂子盖不住腿部与腹部连接处的鼓凸，胖，肥胖……无所畏惧的肥胖。她像很多很多的人。她走来扭去，在周边十数人的仰视中有些得意。对，她有了抒发郁闷的契机，这样的抒发由来已久了？很潇洒，应该说很满足。她变回她的本真，会为此时庸俗到不能再庸俗的表征、举止而生羞耻和无地自容吗？千万别让她有机会看到唱嚷着的自己……昨天，昨天的昨天，她是人中的聪明人，或许生出过责任和使命感？她涉猎过社会责任感和使命感等哲学问题？不然，她怎么会疯成这样子?

其实,上苍眷顾了她,不让她孤独。可不知那位同伴是怎么遇合的,又是在什么地方因什么人、事有了搭戏的契机?那个疯男人说:

"你是一派胡言,你简直是一派胡言!哎呀呀,你看天上那片白色的漩儿,那是我的金銮殿。我的权力很大,我有了权力了,让你穿花衣……你这浑娘们……"

那背了满身花环的浑娘们坐在塔基座的台阶上卷纸烟,细细的一颗,用打火机点烟,吸了一口,踹着走过去,递上烟。那穿着军绿半袖的男疯子,把手中似剑似刀的玩意往上举了举。他吸着烟,整理一下斜十字式交叉的野花花环,围着塔基座唱,边唱边吸烟。

"高塔,矮塔,半截子塔……"

"大塔,小塔,半截子塔……"

"呵呵哈,嘿嘿嘿……"

应该没有任何彩排,但却是最好的搭戏,一对不错的搭档。阴阳有之,没办法。

(六)

天上有一块黑云,很快,大雨点子砸下来。我手上的黄色的纸湿了。冥币看不出币值的文字。雨太急了,树荫下遮蔽不及,一炷香碎成泥末沾在我的衣服上。只有那根部的一小截还攥在我的手上。

"不用再送钱给我了。现在，我有钱，以后可能会有很多的钱。"

你的碎花裙好像是剔花，黑底黄花，细碎的花，看上去雅致。

塔不见了。

你从比房还高的坟墓里笑吟吟地往前走……

好，应该是这样，柔和细腻了。

你告诉我说，你找到了我二弟。他在祖爷聂晋宇的聂氏绸缎庄的首家分店里做了掌柜。

"你二弟变了，变成了富人的样子。戴着瓜皮帽，穿着灰色带剔花的长袍，说话语调很慢，他完全不一样了……"

说到二弟，你的赞许之情溢于言表。

随着你往前走，不知不觉，来到坟冢前，太阳出来了。我们好像依着坟墓的斜坡卧坐了。好半天，没听到你说话，只听到我自己的哭声。你没劝我，我用手抹了一下脸，满脸是泪水？不，满脸都是大雨留下的水珠。天在哭？好像是二弟在哭？

"别哭，二弟，一切都挺好了，别哭！"

"姐，很想你，很想家！姐，很惦记你……"

我擦干眼泪，眼前出现聂氏绸缎庄的样子。"聂氏绸缎庄"五个字，没有拘泥之状，却有浑雄之感。我看见二弟穿了一件有粉剔花的银色长袍，在两个人的陪伴下进了店门。侧脸也不甚清晰，只是脚步身姿都很从容，像富家子弟了。

一层薄薄的云游移着,像是一堆堆洁白的积雪要从天上掉下来似的。

"我确信,你的祖上是豪门……"

你好像是对我说话,又好像是自言自语。我心里的话不知你是否听到。其实,我一直认为,不,我完全知道,我家是大地主,是豪门。如果我早出生一两百年,我能体验领会到"大观园"里面的生活,做个应该完全像女人的女人……

你笑了,应该是笑我,笑我这样真不真假不假实不实虚不虚男不男女不女地存在着……

你说,你准备在离聂氏绸缎庄适当距离的地方设置一个小摊位,经营绸缎下脚料和印废了的残次品。你说这是二弟谈起的话题,可以把它们卖出去,方便一些不花大钱也想穿绸缎的人,不细看,和正品一样。

"我准备这样做。现在一个人在这边,做这事,轻松有意思。"

你说,来了这边,你有点明白我,为什么常常觉得委屈。

我笑笑,眼泪一大堆。抬起头,望天,以为又下雨了。

我知道,我为什么追到墓园里来看你。你一直是我生命的见证者。昨天,昨天的昨天……

又多了两条鱼。黄色的,可小,像条线。它们在一个竖直的瓶子里。我面对瓶子闻,闻到了清新的味道。

你说,那是二弟送我的。二弟说,我这辈子就这样,总是这样，无法做喜欢的事，他说我不喜欢绸缎。对！他送了我蝴蝶鱼，又送了我两条极小极小的小黄鱼。

"那两条小黄鱼也在我家的茶几上。"我告诉你。

你从坟冢上起来，重又去采石竹花了。

（七）

"其实，你不用来，不用上山。我知道，你一直想来看我。其实，我们没离多远，我们一直在一起。"

这话，不知道是听着的，还是想出来的。我确实想去看你。

你好像很忙，比从前还忙。你说，你在寻找一个人，一直在找，找得急切。我问你找谁，你翘起嘴角，唇齿间的笑有些微的嘲讽，但始终是温和的。你没有告诉我的意思，但你那神情好像是那事与我不无关系。我只是想去看看你，没有想了解也无法想象寻找的意义。你是真诚的，执着状态不让我意外。

太阳刚刚露脸我就上山来了，遇见了应该是采石竹花的你。我想告诉你，那条小黄鱼死了，死因不明。我不知道如何安放，便把它放在一张布帛一般的纸上，望了它一会儿，便托着它往圆阳台上走。阳台靠西侧的栅栏下有一个鸟窝，木制的。那是为一只山雀准备的，山雀气性大，没住进去就死了。不舍得将那木制的小巢送给向我讨要的顽童,那精巧逼真的小鸟的家就一直被我安放在阳台上。

我把那布帛一般的纸放在鸟的家里,没有念说任何一句悼词,心里也没说什么。一个是始终没有鸟住过的空巢,一个是无所依托的死去的生命;一个是属于天上飞的生命,一个是曾经在水里游的。风马牛不相及?没想那么多。

我只是想告诉你,那条小小的黄鱼不在了。瓶子里剩下的那一只游得更快了,像是更漂亮更有活力了。没看出它因失去朋伴哀伤的痕迹,但我确定,它还是哀伤的,或者说正在哀伤。不然,它游的速度怎么会那么快那么超常呢?或许,它正在单位时间内丈量空间、丈量时间吧!

我想告诉你,那条凤尾鱼依然从容,时而摆动尾鳍,表现它的悠然,时而沉于玻璃缸壁,沉思默想。我看它时,它没有看我。断定,它在替我思考,思考我的昨天,也在为我谋划明天,甚至还在为我的遗憾寻找弥补的途径……

"谁告诉你的,这几天我没去住你的梦乡……"

我已走到六西区。

可惜,没看见有什么人在采石竹花,也没见穿白绦边灰长裙的你在那微笑。

我左顾右盼,并不茫然。只是奇怪,那土坟为什么更高了一层,像洛阳古城的丽景门。我听到歌女月下吹箫的声音。

"谁家玉笛暗飞声,散入春风满洛城。此夜曲中闻折柳,何人不起故园情。"

不见歌女,只有箫声。少有悲切,只觉缠绵。

是停,还是没有终止前行?

我眯起了眼睛,眼前愈发清晰。

一个身着一袭玄色长袍的人,双臂下垂,两眼似盈满泪水,又含笑相望。面色如帛,眉骨呈清冽之状。少顷,他的右手从腰间伸出,拇指与食指间握着乳白色的宝瓶,我向前跃动时,那瓶已在我的手上。一条小小的线条状的黄色小鱼在瓶中游动。

哦……

要说的话无法成音,我的泪水便滴在瓶子里。泪水的热度灼伤了鱼鳍,鱼翘动背鳍重游起来。

车在颠簸,我的下颌险些撞在前边的椅背上,廊道上站着的人立不稳身子便前后左右地颠荡着向我拥撞而来……好坚实的一副臂膀,挡住了乘客们错乱的颠倒。胜似闲庭,我不知道为何那般安然。

我睁开眼睛,想对着他的脸、他的眼好好地看一看。那张脸、那双眼是属于我应该看到的。我用一种我自己无法描摹的轻微得几乎根本不存在的能量擦拭了眼泪,我看见盛开的花朵。牡丹?荷花?石竹……透过花瓣是满钵的清水,那张如帛似露的脸在水中飘动。

"鱼还在,好好地养……"

一切都在,一切都没有消失……

心所挑拣的,一切都已得到,一切都归你所有……

终日里有花、有草、有美好的一切缠绕着,那是因为你很美……

你所向往的、你所寻觅的、你所等待的,一刻都没有远去,它们与你同在……

将该珍惜的永远珍惜着,没有错……

墓园里鲜花绽放,绽放,绽放成一房多高的用花缀成的坟冢……

"滴答,滴答",雨水顺着檐头流下来……

"哗哗,哗哗",江河湖海日夜奔袭……

不要哭,不要哭啊!

我知道你并不劝我,连安慰都不带声音。

我睁开眼睛时,穿玄色衣服的人不见了,为我挡风遮尘的人变成了另一种幻觉,那辆同行的车到站了。

坟头依在,你也在,你在采花,你在微笑,你递过来的石竹花我没接,我走得很快,我手里有那条复生的鱼。

今天,不是圣人诞生的日子,但却是我的小黄鱼复活的一瞬。我把乳白色的瓶子放在茶几上,那条凤尾鱼游动一下,尾鳍和头变幻了位置,它望着小黄鱼,微微点头,有笑容,那应该是致意。

(八)

上午九点许,有个黑影移近墓园。影子忽高忽低,移动速度忽快忽慢。

黑影直奔坟冢，仰卧在黄土之上，眯着眼睛，深呼吸，沉迷在一种默想中。

采石竹花的人终止了采摘，并将手上的花轻轻扬撒开去，坟冢一片粉粉白白，全是鲜花……

采花人依着坟冢卧下，看了一下黑影，便开始了一番对话。

"别往这跑了，这里阴气重。"

"嗯……"

"我也知道，你是固执的。"

"……"

"我走的前一天下午，你给我视频电话，那是我见到阳世的最后一个人（除家人以外）。那一刻，我明白了，可我说不出话，没法告诉你。"

"你真的活够了？"

"没，我还想再活些年……"

"你能活下去……"

"我已经没有力量再抗争，我知道得太晚。我没有能力执行属于我自己的意志了……"

"嗯……"

"闯鬼门关难，难，太难……关掉手机，不再听课，切断一切别的呼唤，快些……奔那边去吧……实话告诉你，闯鬼门关需要勇气！"

"可是，我不明白……"

"你不会明白，只是，你想明白，没办法，我才明白，你别往这个地方跑了！你的心思，所有的心思我都明白，都明白。所以……"

我从坟冢上爬起来,绕着黄土堆走。我扑打掉身后的土。其实,我不再思考什么,也不想再和你碰面,真的不想再碰面。我应该了解了你。我有好多理由想念你,思念你。按照你的敏感和脾性,你不必为我做什么。你去看看我二弟,你与那穿玄色长袍的人说了什么,老实说,他的现形,满足了我记忆的奢望。

"你错了,他不是为你遮挡拥挤杂乱人群的那位帅气潇洒的男人的真身!"

"你说什么?"

"他是那位哥儿的前三世。如果你去重庆,他在大足石刻,偶尔出来布道……"

我想说,这人我已见过……差不多在十年前……

他,玄色长袍,满面沉静,他像是看了我一眼,我猛抬头望他的时候,他早已平视信众,无喜无悲无苦无忧地讲述起他该讲述的内容了。离开寺庙,一路上,有一个陌生人为我背包,为我在车上留坐。旅途祥和顺畅。

"你是谁?"

我在心里说:"你不是新死的,你是旧亡灵?"

我转身朝相反的方向,却被你挡住去路。你说:"心里路径太缜密,心地太慈善,是因为你自己融了太多的苦。真的没必要,人们该装的苦本是一般多,替不了,消解不了。你努力过的不算少,对吧?"

"你是谁呀?我不认识你!"

坟冢依然。

采石竹花的你,依然穿着白色绦边的灰色衣裙……

(九)

你还是来了,又来了。你入梦来。

我没责怪你,但你读到了。你说,你一定要为我做些事情。我说,从前,从前的从前,你确实为我做了很多事情,我一直铭记,并且努力地不丢掉任何一点回报的机会。现在则不必了。你说,我承认,我误会过你,而且早已被你察觉,可你并没有终止你对我的好。你又说,阳间一世,你在我身上读到了真诚,读到了最后的真诚。

我不明白我为什么没有感动。

你坐在我床边说:"有一个人始终对我不好,你应该终止伤害。"我能听明白,但我有太重要的事做,没有可能花费心思伤害别人。我知道,我不能表达,虽然,我们都做过人,都到了自以为是的地步,但我无论如何不像你那样永远地自视正确,不放过一点过失。

"我们都是渺小的,一个个体的人永远是渺小的。"

"明白……"

你默默地坐了一会儿。

你长叹了一声。

你拿出死前没有公布的遗嘱:

嘱你女儿将那房主是你的房子卖掉,再买新房,新房房主是你女儿。

"你停止呼吸,法律继承已经开始——房主是你丈夫。"

我重复了好几遍:"你手上的是一份过期的遗嘱。"

不要怪我毫无同情心。

亲爱的朋友,你太傻了!亲爱的朋友,个人的意志终有无法体现的时候。

我以为你的眼睛里会射出愤怒甚至仇视的目光……我如果永远不明白那目光才好,可是我明白了,又永远不明白你为何要射出那目光。也许,我们都一样,活着时,是不更事的孩子。世界太大,无奇不有,能人太多,即使活上千八百岁,我们都很可能见识不到一个伟大的人,见识不了一次伟大的事情。我们的任何一种忌妒,任何一种不知道适可而止的争取都显得太孩子气了。所以,死了好。死了,可能发生一次顿悟,再生,会活得对一些,活得和气一些,活得宽容一些。我不知道我为什么会这么想,因为我总认为你不应该死,不久前的一次相聚,你依然那么会发号施令,你不该死,你得的病是坏病中的好病,而且有一种可以救病的途径,甚至有一个能救命的而且救了不少命的神仙已与你结缘……让我至今不解的是,这场救命的事,你为什么没能为自己做主?为此,我做了拼死的努力,让人感觉到不可思议的努力……我的努力没有成功,我的心很痛。这种死不该在这种情况下降到你头上。当然,我没有理由也没有办法更没有任何法律资格查询到底。我只是觉得遗憾越少越好,无限地趋近真理才好。我有了越来越多的困惑,我不可理喻,我越来越不喜欢自己了。没有什么谁强大谁弱小,死亡来袭,谁也躲不了。

你听到了我所有的话,伸了一下大拇指,说了一句"值了"便走出我的梦境。你穿过玻璃窗,到窗外那棵珍珠梅上去了。

二弟来时,珍珠梅开着白花。现在,花谢了,剩下褐色的籽粒。

(十)

又过了些日子,我坐在墓园门口,本是想告诉你,另一条小黄鱼也死了。但我没走进墓园。不想再去叨扰?说不清。

今天,是你的祭日。

你告诉我说,祭奠的人来了很多,人群中没有我。但你说你第一个看见了我,你便来到墓园门口。

要交流的话很多,一时语塞。

你说你看见女儿摆了很多祭品,仪式很隆重。你躲在坟冢后面,手上的石竹花不知什么时候从手上滑了下来……人散去时,你一直随在女儿的身后,你十分确定,女儿眼角没有泪痕。你一路飘飞,来到故居,见老伴正独自伫立在窗前,望着远处的山伤神……

我想说，你还是很固执。

你好像没有听见我说什么。你说你在原来的卧房里待了很久，你说老伴还是十分仁厚。你看见他重操二胡，听他拉《红楼梦》的主题曲，你险些和弦而唱……

我听过你们的唱和，也知道那是因为爱。你老伴得了肾癌，你力主不手术，你倡导用歌声带来的身心愉悦为其疗治。你成功了，他还在，你死了。为什么？我不明白，你明白吗？你的魄力，我欣赏！可是，你这个能决定别人生死的人为什么没有实现个人意志？你正在嘲笑我，对，我也在嘲笑自己，我一直在嘲笑自己。我是那样地固执，一直为不能实现意志而愁苦缠身——比如我母亲为何猝然而去，客死他乡……

我明显感觉到，你已经坐在我身边了，但我没有说什么。你问我为什么不去看看你老伴，你说他内心很喜欢我。你还说我是智慧的仁者，早就看出你内心的想法却没有跟你说，这些，是你在自己的"五七"祭日前后才明白的。你说，之所以到墓园门口来，是为了真诚地道个歉。你说你知道我根本不在乎道歉不道歉，一切跟我没关系，一直跟我没关系，什么都跟我没关系……

其实，她的话我都听见了，也在乎了。她到底是聪明的，包括这一次述说，道歉不是全部心意，标榜自己正直公道才是她的目的。

我从牙缝里挤出一声笑，连我自己都听到了，她也一定听到了。她沉默了，我没有感到一丝尴尬，真的没有，我惊异于自己的"处世不惊"，可我根本就不具备什么"处世不惊"呀!

不欠什么,不欠什么人什么事!

弄清楚什么人什么事!

哲学家不讲什么情怀吗?我不知道。

一直以来,我都想知道,情怀是不是影响我明白道理。

别人明白的,早就明白的,我为什么要等很久才明白,直至构成了伤害我才明白,是我太钝了还是太聪明了?或者这是我坠入自以为是的深渊却不自知的结果?但有一条很明确,我都是以奉献为前提的。

"你往前了几步。若干长时间又若干长时间以来,遇上合适的契机才可能碰上明白你的人。"

你突然的一句,我才明白我忍不住来墓园和没在记忆中抹掉你名字的缘由。是,已经很不错了,恐怕我们应该珍惜,否则,就无法识别"人"这个字的笔画的正误了。也只好这样。

可我还是不明白,生死之际,为什么不能按自己意志做事?

"应该说清,我应该给你说清。你一直在追问这个问题,我活着时,你没放弃追问,我死了,你依然没有放弃。我下决心说清,哪怕很痛,我也要说,但我实在说不清。如果我没说清,你不会信,也绝不轻饶,主要是饶不了自己……我知道。"

你离开了墓园门口。

我没回头看你穿没穿白绦边的灰色衣裙。

我喜欢白绦边的灰色衣裙,也喜欢粉粉白白的石竹花,更喜欢你采石竹花的样子。

(十一)

花是好看的东西。我总是把一些东西看成花,或者说总是按着花的样子去想,按着花的样子去描摹。这样做对不对,这样做是不是会害人?

越想越错,越想越没必要……

我正告自己,克制一下,少去墓园,甚至不去墓园。我把早晨刚刚死掉的另一条小黄鱼,悄悄地埋在窗外那棵枫树底下。就这样吧,死就死了……

我绕着林荫路走,不知走了多少圈,突然想到,食不能喂得太多,小黄鱼是撑死的。前一条,是因为鱼缸太小,它潜在的竞争意识使之焦虑郁闷而死;而后一条,是因为喂得过饱撑死了。

进了屋门,蓦然抬头,小小的鱼缸还在茶几上,缸里依然有一条红色的鱼,它的一片胸鳍上微露一抹灰,让它显得典雅。是你送来的?你知道我喜欢灰色?红鲤鱼好得,带点灰色的红鲤鱼不容易遇到。你行!真是的,那一条刚去,这一条就来了。

过几天,我去看看,看看你的未亡人,看他是依窗伫立还是围桌品茶,看他的茶几上添没添新的红鲤鱼。

有琴声?唱者换了吗?我只听到了那首歌——《红

楼梦》的主题曲。你唱还是她唱？别胡扯了！谁唱都是唱，谁唱都不是唱！潇湘馆里的哭声掩盖不住怡红院里娶亲的唢呐的欢快旋律……

别操那么多闲心！

为了缸里这条红鲤鱼，为了鱼鳍上的这抹灰色，我又往墓园走。我从茶几上捧起了那装着凤尾鱼的器皿，我想把这凤尾鱼送回墓园，让它安宁。

不知雾气从何处飘来，这个季节有这么浓的雾气？我被封锁在雾里。来不及多想，也没有惊恐。我蜷缩在温柔的雾里。有呼气的感觉，有温柔乡的感觉，但我没见到任何面容，没触到任何器官。一下跌入梦中，跌入梦的谷底。长睡不醒？

忽然看见穿玄色衣袍的他。他像是信众面前的布道者，他的前襟宽绰柔软，我躺在他的胸口听他布道，他的话从他的胸腔、口腔里吐出来。我的胸腔里像有刷子一样的东西在擦拭……

"咳，咳，咳。"我咳嗽不止，从嘴里、鼻腔里往外流东西，是血块……好痛快。我被拂尘甩出雾气之外，忽然站在了坟冢之侧。你将采来的石竹花送到我怀抱里。顿时，天地清明，却原来，我是站在自家房前。钥匙转锁眼发出的响声让我确定，一切都是存在的。那条凤尾鱼正在茶几上的鱼缸里好生生地游着……

一切都在梦里？

你没在墓园里？

坟冢？坟冢！坟冢明明在那里！

(十二)

天,阴沉着。

快走到墓园门口时,我抬起了头。天没有完全暗淡。低下头时,我没见到自己的影子。

可天上还是有光的。

我听到了歌声:"一切为了……"没听清楚,也没听下去。虽然心里听得很清楚。

你是不是穿了白绦边的衣裙,不知道;你是不是在采石竹花,也不知道……连那坟冢我也没发现。

我没看。

我转过身,朝墓园的南面走,离开了墓园。

我看见了自己的影子。虽然,天还是阴沉着。

前面的那座山好像离我很近,而且越来越近。它的海拔不算高,是我早就看过的。或许以前没细看,这次我发现这山是半拉山,上面有个挺大的洞,什么人开了这么大的洞?

没有什么人,我没看到什么人。有时候人的视觉能力会欺骗自己。

脚步迟疑的瞬间,我似乎又听到了歌声。你在唱,唱得真切,唱得哀伤。这是我熟悉的哀伤。我知道,你在为我唱,我决定忘记了,不去见你了。

我往前挪动脚步，速度快不了，但也停不下来。我揉揉眼睛，我看清了，站在山洞右边的是个僧人吗？应该是，他穿着黑袍，右臂下垂，垂下来的是空袖管……他没有右臂吗？

他的右臂是被人砍下去的？谁会砍他的右臂？他早就想到了，我也知道了。

砍掉什么也解决不了问题……没办法。

"一切为了……"

你的音域越来越宽，音色越来越美。你只是想把歌声送给我听。但是，我正在放弃从前的一些念头。你不必告诉我你了解我的心思，甚至，也不必告诉我你对我的怜爱。无论你怎样努力，甚至你依然在千方百计地继续呈现我的渴望，呈现我的遗憾，我都不再为之心动。世界上，空间里本来就容下下纯粹的利他主义，造物主也不可能造下感动。上帝造了"光"，只是为黑暗准备的，让你在黑暗时看到自己的影子，因为他想告诉你，你有心，那光是从心灵深处发出来的。

譬如离开墓园的一刹那，我看到了自己的影子，因为有光，有从我的心灵放射出来的光。我没有高兴，也没有不高兴，有没有光跟我没关系，那是上帝的事。

"一切为了……"你的歌声显得真切。你不在墓园里，你围着整座山在唱，你手里捧着一大束石竹花，粉的、白的，把你带白绦边的灰色衣裙衬得雅致。你唱到穿黑衣袍的僧人跟前。你依然在唱。

"一切为了……"我听得懂，那位僧人早就懂了。

他在给他的师父鞠躬,他抬起头,虔敬地望着师父。

"一切为了……"

你从洞口唱到洞外,似乎在大放悲声。

天,阴沉着。下雨了,雨越下越大,歌声越来越大。你扑进山洞里,跪在骨灰旁。僧人不见了,师父不见了,只有你在骨灰旁失声痛哭、失声歌唱。

"一切为了……"

我大声地喊你,让你快些离开那个山洞。这个山洞要被封上了,你不能被封在里面。

可我喊不出任何声音。

你被一股像旋风一样的白烟从山洞里卷旋而出。山洞是为美的尸体特制的存放处,也许,你还不够资格葬在那里面。唱吧,就这样没日没夜地唱吧,修行到位,自然有你该去的葬处。

"一切为了……"你的歌声越来越纯美,你在唱,为了别人、为了自己,也许还为了我。我领情,领了一世的情。

山洞被封了,封得异常完美。你跪在洞口外,拢了一下头发,整理了一下衣裙,重又唱起来。没人搀扶,没人劝慰,甚至没有什么人能听你的唱。你浑然不觉,打了打双膝上的尘土,立起身来,依然在唱。

"一切为了……"

杜鹃啼血,可我没看见杜鹃,只看见你唱得蓬头垢面,唱得嘴角滴血。血点落在灰色衣裙上,为衣裙平添了几个图案,很和谐,很好看。

你的手上捧着石竹花,一边走一边唱,唱到山那边去了。

我看不见你白绦边的灰衣裙,但是,我依然听得到你的歌声。

"一切为了……"

(十三)

你应该绕到山的背后去了。

歌声越来越纯美,我没办法不听。

我走到山的那边去了,但不是为找你。

山的那边没有你,但还能听到你的歌声。你是会唱歌的,你很有灵性,你应该唱歌。唱吧,你只能唱歌了。你在心中搭建了一个绿色的军营,你懂得如何爱那个军营,可是,你一时还不明白女儿们如何像你一样爱妈妈……

我早已摒弃一些不必要的想法了。

山那边没有什么,只有一片海。海滩上有一条小木船,船头上放着一只桨,木制的桨。于是,我坐上去,我刚要去抓那只桨,桨却已划动,是站在船头的穿黑衣袍的僧人划的。他有左臂也有右臂,不是山洞里护法的僧人。是不是重庆大足石刻的讲法的僧人?我无法辨别,可我想辨别……

船已驶进大海!

我想呼喊都来不及,恐惧感已经随着小木船驶上波浪的顶峰!

生死一线间,我无法为自己做主!

我要葬身鱼腹之中了?我还没来得及这么想!

一条鲨鱼在不远处出现,它抬起霸道而高贵的头,脖颈上挂着一串钻石项链。

海浪翻腾。海水好像是绿色的,那僧人的衣襟被海风掀起,露出有浓密毛发的胸膛,他摘下自己脖颈上的项链,将它扔进大海。一条鲨鱼露出水面,鲨鱼的脖颈上挂着那串钻石项链。

鲨鱼停在我的面前。

我不知所措,也无法呼喊,我伸出双臂向船头的人呼救,可船头上的人早已不见。

我是如何落入海底的,我不知道。但是,我确定,我没有葬身鱼腹。我的周围都是水,水打着漩,立起来,像白玉一样,筑起了宫殿的围墙。这个地方我来过,但我还是为这里的过分奢华神秘而惊异。其实,我实际的想法是不想再出去了,就留在这里,爱怎么存在就怎么存在吧……

我说不清是疲惫还是舒松,我睡着了。我枕着一条粗大的有弹性的胳膊。另一条胳膊在我的臂膀上。我的嘴角好像有微笑。我料定,会笑的我一定好看。真的没办法让此时的面容和心情永远留存。我可以问问他,他一定知道此刻的我美不美。这么想时,我脸红心跳,我屏住呼吸,不敢发出一丝声响。就这样,他睡着,我醒着。

"一切为了……"

我在海底深宫里听到了歌声。

其实,你不该再唱,更不该在这个时候唱,无论你是为了啥……

我在海底苏醒。我在找小木船,找那只桨。我要浮出水面,我听到了那条凤尾鱼的呼唤……

我伸出一只手,向你求救,可我看不见你,你没有来。我被牢牢地束缚在一张用水做的床上,床头缀着一束束密密匝匝的白色石竹花。这些天,你采的花可真够多,真够气派。其实,我是情愿被这样束缚着的。我喘不上气来,浑身都鼓胀起来。我想大声地呼喊一下,放肆地骂几句粗话。我的手无意间碰到了脖颈上的一串钻石项链。

"啊,啊,啊……"

好像什么东西碰疼了我,我感觉有血从下半身往外流。宫殿的墙缝里有淡淡的红色,还有些香味。我的手在往下拽,往下摘那串项链。我觉得一切都太邪恶,那条鲨鱼太邪恶,它怎么就把钻石项链戴在了我的脖子上?那位长了黑胸毛的人施了什么巫术让那鲨鱼来作践我?

我心里骂着从没听过的粗话,越骂越觉得舒服,下半身似乎依然有血流出,而且有魔法在里面作祟。我无法把这感觉说出来。

"一切为了……"

歌声悠悠,气息温婉。

我扯项链的手被一双手捉住。

"别动,那是你的,一切都是你的,别动……"

那条鲨鱼不见了。温润的唇在我耳边呼气。痒,痒!情不自禁!

我几乎疯狂地挣扎。可我挣扎愈烈,压迫感愈强,痒痛感愈明显。我几乎忘记了这是海底宫殿。

"乖!听话,听一次话吧,否则,再也没有机会。"

后面是歌声:

"一切为了……"

没有意识,没有思考,不辨真假曲直,我就这样被压迫、被束缚……

泪水横流……

这白色的宫殿被泪水淹没了……

(十四)

分娩的疼痛难忍。可是记忆很快便淡化,是我淡化了记忆,而且这次分娩使我变得意识模糊。我只知道,我和我自己孕育了一个女儿,而且我执意把她养大,然后再去给她找一个优雅的爸爸。

浑浑噩噩。在这座用玉石砌成的宫殿里,或一天,或一年,或百年以后……

我睁开眼睛,看到了一个熟人。

"林宇良?你是林宇良?"

他是林宇良，不是那个护法的僧人，也不是大足石刻讲法的僧人。谁是谁的替身或者谁是谁的再现，都不是我应该考虑的事，我只知道我饥饿难忍，心里只有一个念头：我要吃！

我大声地哭起来。

"乖，不哭！"

我躺在林宇良的怀里，吮吸他给我的奶瓶。

"爸爸，爸爸！"

他应着我奶声奶气的呼唤，低下头，吻我的头发，抚摸着我，然后帮我戴上花环，抱着我走出宫殿。

波涛汹涌，我被推上风口浪尖！

"啊，啊——"

狰狞的鲨鱼就在离我不到一米的地方，钻石项链还在它的脖颈上，这一次，它不是来送项链，而是想吞下我……

"爸爸，救我，救我！"

我从噩梦中醒来，我在爸爸的怀抱里，他在用最简易的方法教我小学数学。

我想起来，今天放学时，爸爸去接我，突然一封书信从他的手里滑落。爸爸弯着腰去捡，他的动作慢，信被我抢先拿在手里。我一边走，一边读信，读着读着，我哭了。我问他：

"你知道什么是卑微吗？"

他望着我，微笑的样子仿佛给了我回答。

我继续读信："因为高贵，因为高贵的血统，因为高贵的痼疾,她用高贵的光写下文字……"

他的神情诧异,蹲下身,把我的一双小手握在他的手里,眼泪滴到我的手上。他不断地揉搓我的手,他好像明白了,又好像什么也不明白。他像是要问我什么,却也没要求我回答什么。后来,他拉着我的手默默地往前走。

"人在爱面前会变得卑微!"

"哦!对!人在爱面前会变得卑微!"

他从我手中拿回了那封信,扔下我,一个人踩着波浪,爬上浪峰,枕着绿色的大海,吟诵一般读着那封信。读了好长时间,也许一天,也许一年,也许十年……他忘了在南海五彩滩上捡贝壳的我,我忘了涨潮的时间,险些被绿色海水吞噬了……

"一切为了……"

这歌声在绿色的波涛中滚动,我不知是听到的还是幻想出来的……

涠洲岛虽然只有二十七平方公里,但那里应有尽有,有菠萝、香蕉、五谷杂粮,还有海边小学校里飘出来的读书声。书声琅琅,照亮心灵。我抱着一只名贵的灰毛狗,和影子一起向岛上唯一的教堂走去。教堂很小,里面木制的条形椅凳十分秀气。我顺着狭窄的廊道走向站在神坛上的牧师。他满脸祥和肃穆,他在等我,等着为我和这条可爱的名贵的灰色小狗举行婚礼。

"停下!等等!"

林宇良从我的手中接过那条狗。

牧师依着程序,为我和林宇良以他怀中的狗成功地举行了婚礼。

白色的宫殿作了洞房。我们一直看着那张结婚照。

"有了这条小狗,照片更好看了。"

"闭上眼睛,别说,什么也别说。"

我闭上眼睛。他说我很乖。

我很乖。就那样,我一直躺在他的怀抱里。他说,他不敢放下我,那张床不可靠,还是用他的怀抱作床吧!

那一夜,我似睡非睡,一直听他给我讲故事。我能听见他心跳的旋律,还有那轻得不能再轻的叹气声。我能听得懂,甚至听得入迷。

"你那两封信,让我读了很久,有的文字,需要读一辈子。"

他的怀抱很柔软,很饱满。我没有解释那信,或者说根本解释不了。在这个白色的宫殿里,在这个神赐的洞房之夜,怎么可能解释清楚一张僵硬的纸呢?我的呼吸很轻,很均匀,我与他一起融在心灵的光里,我看到了宫殿里的影子。

他说,他一直以为,不,他毫不怀疑地认为,当初你用卑微的方式放大自己鲜为人知的缺点,对他来说完全是残酷的拒绝,而且是不可挽回的拒绝。

"我绝望了!当然,绝望和丧失自尊一样!"

他说他本不愿意去青岛的海洋研究所投奔他的父亲。他小时候,他父亲抛弃了他的母亲。尽管父亲以安排工作为由想让他去青岛,但想到母亲的孤独,想到母亲的失落,他不愿答应父亲。这一次,他把找父亲当做一贴高贵的止痛药,毅然决然地前往……多年来,那两封信,他一直留在身边,尽管他早已说不清存留的意义。

我睡着了,进入了梦乡。

梦境里,我的凤尾鱼死了。

"唉!"

尽管叹气声不重,但我感觉到了他的双唇在嚅动。他在我的脸上、额头上、眼睛上,印了一层一层的吻痕。

我没有马上从梦境中醒来,我一直处在似醒非醒的状态,简直像是处在一种奢侈的享受中。

该享受的,一定要享受。早已准备好了,一切都为你准备好了!

(十五)

我依卧在沙发上。

凤尾鱼在茶几上的白色玻璃缸里。

我从不说我病了。

那一丝灰色把红鲤鱼点缀得很标致。

这条红鲤鱼没有正眼看我,它好像在对着茶几上的那条凤尾鱼炫耀。

此时,我和凤尾鱼目光相对,互相怜爱时,我们都听到了对方的声音。

"你病了？"

"你哭过？"

我们相视一笑，吞下了鲜为人知的苦涩。

凤尾鱼开始了属于它的舞蹈，翩翩抖动的胸鳍与尾鳍，让红鲤鱼欣赏还是妒羡？人读出来的永远是另一种意思。

身心俱疲，被人送入混沌的梦境。

其实，留恋之后的缺失感让人感到乏力。那白玉为墙的宫殿确实迷离，不要以为那仅仅是神启，更不要以为那是心灵之光再现的记忆的影子。不要怀疑，那是一座宫殿，那是一座被你占有过的宫殿。

安然，还是欣慰，还是幻化的满足？

睡吧，睡吧……

我依然睡在海底深宫里，枕在有弹性的胳膊上，听着精彩纷呈的故事。

一切曾瞬间幻想过的都可能存在。世间伟大的事不多，伟大的人不多，智慧的人也少之又少，能与这些罕见的人或事相遇，也是造化！

我被长着白色翅膀的精灵捉住手腕，她带着我飞升。我大声呼喊，想让她放开我的手。

"别撒手，别再任性！"

林宇良的声音很清晰。

我还是重重地摔了下来，亏得有他坚实的双臂，否则，我将被摔成烂泥。

（十六）

我在朝墓园的方向走，没错。

东面的太阳还在那。

可是，梦里的雾气缭绕着，似乎形成了一种推力，梦境时常出来与太阳纠缠。不用害怕，不用再害怕自己。看见的与想出来的有时难以分辨。

我脖颈上戴的这枚金钥匙，像项链的吊坠一般精致。谁在梦境里送给我这枚金钥匙呢？

当太阳从天空中消失的时候，我的影子依然随着我前行。心灵之光照耀着每一个角落。

我向墓园里走。

在三棵歪脖子柳树下，稍稍驻足，然后继续前行。

太阳沉进云层里时，我的前胸金光闪闪——金钥匙在闪耀，金钥匙在催促。

很多时候，会处在不由自主的状态，请不要慌张，更不必惊诧。只要你肯想一想，真实地想一想，不受任何左右地去想一想，什么事都可能发生，在你的身边发生的事，有多少都超过了你的想象。甭想可能不可能，为什么不为什么了。

高高的坟冢就在那里。你在坟冢上忙乎着什么，细看，你好像一只脚踩着坟顶，一只脚尽力抬起，但抬得并不高。这是个跳舞的姿势。会唱歌，没问题，你会唱歌，我听过，我确定,你唱的《红楼梦》主题曲有真意。不是故意找注脚,但我还是找到了认同的注脚,率真在你的性格中占有一定的比例,骨髓里渗透的艺术分子遮住了霸道带给你的让人不喜欢的成分。是的,你不想再做鹰,你幻化成小白兔,这是你想成为柔和妩媚的少女的梦想。可是,如此辛苦地练舞蹈有点太难了,不必受这份累了吧!但不能劝你,我不能,别人也不能。因为任何人的劝说都可能让你不悦。你是一个有信念、一个能坚持的人。

也许你练得太累了,你的另一只脚着地时,两只手掌张开,鲜花四散飘飞,随风飘扬,越飘越多,五颜六色,流光溢彩。坟冢变成了花冢,朝南的方向被花团拥簇着的是两扇胡桃木一般的门,那门典雅,妙不可言,门上的锁像《红楼梦》里薛宝钗的项圈上挂着的金锁。我朝门的方向奔去,锁金光闪闪,我脖颈上的钥匙也闪出金光。

原来如此!

原来如此!

神启!

一切都是神启!

那就去打开那两扇门,看看里面有啥,看你的房子里面都有啥。

离那坟冢,离那花冢只有一米远了……

突然觉得目光迷离,心也混沌。钥匙和锁都失去了光泽,变得暗淡,暗淡成乌鸦翅膀的颜色。

不用问,不用猜,是你伸展双臂,挡在外面,不允许任何人入内。你在竭尽全力。

(十七)

没有失落,也没有失意。

往回走。

走至三棵残柳前,再往前走竟有一种阻力。我停下来,左右前后转了转,没看见自己的影子。天上太阳还在。

我在水泥凳上坐下。太阳从树叶缝隙里筛下一些光来。我开始习惯性地深呼吸。

虽然没看见,但我知道,你在,你在离我不远的地方。你说什么,我都会听得见。

"谁给你的钥匙?"

"哦,谁给我的钥匙呢?"

"想进去看看?真的想去看看吗?"

"看啥?看不到啥?应该看不到啥?"

"你太聪明了!你忠诚,你真实,因为你有智慧。"

你顿住话头。

我并没有往下接话茬。

你没露脸给我看,但你我同时在一棵树下。你没有接着原来的话往下说,而是像从前唠嗑一样,东一句西一句地说起来。

你说你并不是情愿地撒手人寰,好死不如赖活着,鬼门关难过,这边也拽,那边也拉,没想到,过来才发现一切都不像阳世人想得那样。过来了，明白了好多。

"现在，我才知道，也承认，我不如你，很多很多人都不如你，不如你聪明。你的先人给你种了善根，你的善良超过了许多人，在我看来，你将超过一大半人……但是，但是……"

你突然没了声音。风旋了一圈。我没动，我知道，一会儿你就会回来。

你回来了。你又给我一把钥匙。

"我手上的这一把钥匙，能打开那扇门，但我不舍得给你，你对我太好太有情意！你那边的快乐还没有全部来临，还有很多人很多事需要你，在哪都一样，你的善意使很多人依赖你，努力善良，努力助人吧！"

过了一会儿，你又说："神启也是有道理的，是想让你开了门，明白里面的事情。"

"其实，里面什么也没有。"

"哦，什么也没有！"

"也许，不是也许，确定，你已经知道什么也没有！"

"什么也没有，什么也没用……"

"对，别想再确认了！用不着确认了！"

"对，对，用不着确认！"

我哈哈地笑着离开了那三棵柳树。

离开墓园门口时我听到你在唱歌：

"一切为了……"

这次不是独唱，还有别的人在唱。

整个墓园里的墓碑都在颤动。唱的人很多。

"一切为了……"

我也在唱！我是唱着离开墓园的。我的前衣襟被泪水浸湿了。

（十八）

墓园。

一条沥青路刚刚修好。

我沿着路往上爬。

爬这条路，状态依然如故，走路的姿势都没有改变。

没有什么人了解更多，也没有什么人需要了解什么。

爬这段山路的人相对较少，可在我的心中，这条路一直很繁华。

这个早晨有风，风中有清香味。我听到了歌声，我听到有人叫我的名字。

这个早晨，我爬山的速度慢到低点。我被歌声裹扯着，被一种呼唤牵拽着。心情很急切，速度却很慢很慢。

路往左岔时就该上墓园了。往前走几步是一排下水道，用来排水排污。可有几次，我看见有鱼从下水道里往上蹿，有一回，我甚至看见了蓝色鳍的凤尾鱼……

"凤尾鱼！凤尾鱼！"

我跑起来……

什么东西在脚下滑了一下，我摔倒了吗？

一个人,一个穿着藏蓝色衣服的人从左边的路跑到沥青路上了……西瓜皮,是西瓜皮。谁把西瓜皮扔到他脚下了……

一个壮硕的男人滑倒了。

"嘀嘀,嘀嘀!"出租车从我后面飞驰而来。

不要从他身上轧过去,稍不注意会轧过去,会轧死人……

来不及,来不及想!

来不及了,来不及躲了!

我整个身躯往那男人的身上扑去。盖住,覆盖住他!

我扑下身子的同时,那个男人被抬走了,被两个穿黑色衣袍的人抬走了。

他们是什么人?要抬他到哪里去?

我顾不上拍干净身上的污垢,便尾随在他们后面。开始是走,后来是跑,跑也追不上了。两个穿黑色衣袍的人和那副担架都不见了踪影……

彷徨之余,我感到一阵眩晕,而后又听见了歌声。

"一切为了……"

我怒气冲冲。没等我问出什么话,眼前便现出白墙乌瓦——一座不像建筑的建筑。

我走进那有廊道有棚顶的房子里,前面没有墙,左边右边都没有窗,只有柱子,拐弯处有像公交车站里的木板长凳。我坐下来,倚着紫色的廊柱,上气不接下气地喘息。突然见一副空担架从上一层像房子的地方落下来。我上前去拦,抬担架的人穿着白衣服,戴着蓝帽子,后面的人用右手拽了拽左手腕上的白手套，斜了一下身子，巧妙地躲开我往前走去。

没人理会我。

这里是医院的手术室外！我听到了刀剪碰撞的声音。

我站起身，往上一层走，想去看看那个被抬上去的人怎么样了。可是，根本没有上一层，一面斜着的墙，堵住了上去的路。我转回身，想走出这间房子，好像也没有走出去的路。横在我面前的是一面蓝绿色的墙，墙上有帆船，船上坐着一个船长模样的人，他的眉毛与太阳穴交叉的地方让我感觉很熟悉，我开始仔细辨认——是林宇良吗？

却原来，我的面前是一张照片，底下有一行字：已故海洋研究所林所长。

林宇良的父亲？

我听到了呻吟的声音，应该是医生从手术室里推出了病人……

迷离恍惚中，我还是听到了你的歌声。

"你怎么在这？"我问你时，你将一大捧石竹花拥进我的怀里。

"他没事，一会儿，他要去赶下一艘舰艇。"

从你嘴里，我知道，被抬进手术室的是林宇良。

"林宇良没死？"

"林宇良不是早已经死了吗？"

你没顾上理会我，顺着斜墙往上一层去了，只留下你的歌声：

"一切为了……"

我没有找寻你。我接着你的歌往下唱,唱了一遍又一遍,不知道你听没听见,也不知道有没有人听见,当然,我已经不知道我还盼不盼望有人听见。

(十九)

有一个人从左侧穿插过来然后在我前面一直往前走。他穿着黑衣服,但不是那两位僧人。

并没有想,可我还是随着他往前走。有目标,没目的。

他走得快,我也快,他走得慢,我也慢。我几次抬头看,都看不清他的脑袋,但我确定,他不是"无头骑士"。

他一转身踅进一处场所。我走近发现是一家丧葬殡仪服务公司。刚才那个人不见了,只有几个在柜台前办理业务的人。我也往前凑了一步。

"你想购买墓地?"

你怎么会在这?

你从办公的人群中挤出来,从一个侧门出去了。

我便也跟出去。

你在前面走,手里没有石竹花。你是往六西区走的。

"为什么人买墓地?"你问。

"不为什么人。"我说。

"你也想为自己买墓地吗?"

"还没想……"

你没回头。我好像听到了你低声的笑。我只能想到你伸露在外的一点点齿尖,声音不大,却可以体会出这笑带有嘲讽。这一段时间里,你总是嘲讽着的,多半是嘲讽自己。

你在前面走。前面,六西区那座坟冢出现。它好像变成了木制的,上半截的坟盖"叭"的一声打开了。石竹花簌簌地滑下去,但没等落地,一阵风吹来,石竹花被刮走了。

终于,你想跳下去,不在外面狂走寻觅。你准备认同属于你的生活了。这就对了,对了……

我这么想了吗?

我这么想了。我确定,我这么想了,但我没这么说。你也是需要劝的,可是我下定决心,不劝!我了解,了解了你,了解了事。不配劝,不必劝,不该劝……

终于,你劝说了自己,准备跳进去了。跳进那个土坑,那个谁都逃不了的土穴。

我已经靠近了墓穴!

我尽可能地弯着脖颈,往墓穴里看。

"空的!空的!真的是空的!"

你到哪去了?

我抬起头寻觅了好一会儿,依然找不到你。

整个六西区,有一串串的墓碑。

镶嵌过你名字的墓碑应该就在那——六西区二十八

排交叉口左侧的第六个碑。

碑在,可上面没你的名字。

哦,是那个大大的坟冢的缘故?你在那座大大的坟冢里?

不安分,死也不安分,不安分也死了!谁让你不坚持,不挺住——过了那道鬼门关!

"别不服气!啥都不服气!不服不行哦!"

风在我面前打旋儿。旋风过去,我发现我手上捧着鲜花——石竹花。

你在哦!

"256号,西区——"

一定要找的话!

"没用!有啥用啊!"

(二十)

我到了。

我停下了脚步。不用问,是墓园门口。

我没有往前走,不进去了。

我在墓园门口左侧一块石头上坐下,感到很疲惫。

其实,你已经知道我到了,甚至看到了我的影子。我站起身,转头朝墓园的南面走。南面是山。

远山淡影。

我朝着那个方向迈出了第一步。

不见了,不说了。说了也没用。

只是往前走,发现前面有山。山叫什么名字?前几年,我给它起过名字——黑胡椒山!

黑胡椒,这东西味道浓,奶奶炖南瓜时用的就是这种调料。后来,再没吃过那种味道的炖南瓜。这一次,我到了那山上,一定采一些黑胡椒,拿回来,炖南瓜时加上点。这种东西味道浓,所以,山上会有好多羊,应该是山羊。它们喜欢黑胡椒的味道。

为什么要去那座黑胡椒山?没有为什么。也许,潜意识里,我惦记着我的《两只羊》[①]?它们一只是白的,一只是黑的。那只黑山羊怀着羔,不,怀着我的母亲……

羊是喜欢黑胡椒的。

继续往山那边走,我的脚步越来越快,有着满怀的热情,以为前面有不尽的好事,有一辈子都在期冀的图景。几十年来,我一直在受到自己的魅惑!

我从背包里掏出一个带着背带的水杯,啥时候,谁给我换成了幼儿园孩子的水杯?杯的外部包装都是卡通画,以蓝色、灰色居多。蓝、灰都是我的主色调。

我拧开儿童水杯上面的小盖,再按开关往外倒水,可倒不出来。怎么这么快就坏了?

"没坏!"

林宇良伸出手,用两个指头将侧面的两个小机关轻

[①] 刘景侠的小说的名字。

轻按一下，再按出水的开关，水就流出来了。

黑茶，是纯正的黑茶！我往嘴里送水时，突然觉得不对味，不对劲。不是什么人用什么东西让黑茶水变了味？没人给我下毒？

林宇良确实就在眼前！

他怎么在这？

他怎么来了？

喝了水，我往前走，他也往前走，好像我们搭着伴一起往前走的。有他同行，是愉快的。不，也许，一路去黑胡椒山，是为了看见他？他怎么会知道我要去黑胡椒山？我自己事先都不知道，也许他算定了我的行程？他有意在这条路上会我？

没法说清楚！

说不清楚就不必说清楚！千方百计地解释没意思！

好像，他又重提了几句关于爱的奴隶的话题，强调了我不该撒谎夸张自己的残缺……

几十年来，我一直为自己的傻气，为自己的不靠谱后悔，换个好听的词是遗憾。人生曲折，遗憾谁都有，算不了啥。

"一切为了……"

眼前飘过石竹花，耳边又响起了你的声音。你提醒得也对，一生的追求——为了美！林宇良是美的。我常常把眼前闪过的英俊的男人都当成了林宇良，那你说，由于自己的谎言而失去心中的美，不叫作遗憾又叫作什么呢？想到这，我沉默了。

现在，与他同行，比肩而立，上帝在解释遗憾，在补偿遗憾？

凡事都要理论点什么，凡事都要思考一番？"人类一思考，上帝就发笑"，这是说给我听的？

人们的思维也有巧合的时候。

此时此刻，不该思考，但我的大脑止不住思考。我想了很多很多，都是围绕着他，围绕着"遗憾"的。

"我带你去走沙子吧？"

"走沙子？"

去黑胡椒山啊？会有沙子吗？

我心里这么想着。

可是，他已经拉了我的手往东走，拐向了另一条路。不用说，那边会有连绵不绝的沙丘。

他说走沙子可以治脚癣。我是有脚癣的，他怎么知道我有脚癣呢？我和他不但没有肌肤之亲，连拉手都是第一次。

跟他走沙子！跟他在一起，什么也别想。他去哪，我就去哪，度过不思考的时光，享受一下盼了很久的感动，生活不需要理性！

我要感动！

我不要理性！

"在想啥？"

"没想啥！你想去哪？"

"去一趟黑胡椒山。"

"做啥？"

"那里有天下无二的黑胡椒,那里有我的两只羊……"

"两只羊?"

他瞪大了眼睛看我,嘴巴颤了颤,然后低下头,扭转身,往"走沙子"的方向去。他想跑,可沙丘上留下的只是一个又一个深深的脚窝。

"快,跟上!"

他大声吵吵着,说"走沙子"可以医病。我追上他时告诉他,用黑胡椒山上的黑胡椒炖南瓜好吃,我奶奶炖过。

他侧过头看我,脸上挂着笑。

沙丘上印下一溜大大的脚窝和一行小小的脚窝。脚窝杂乱时,他摔倒在沙丘上。

沙子里、脚窝里崩出笑声,很杂乱——

呵呵哈!

哈哈呵!

(二十一)

黑胡椒山的影子毫无顾忌地压过来,我分不清山脊、山腰。

黑胡椒山在呼唤我。黑胡椒山有着我无法描述的东西在诱惑我。我是想再出发的,我无法停住向前的脚步。

"出发吧!"

"一切为了……"

只有声音,没有人影。下意识里,我在寻找……

你没在我面前出现!

你没有歌唱!

我的心在唱!

我没有把他唱醒!

他没有听到我的歌唱!

他听不到我的歌唱!

此时,你也没听到我在唱歌。

"一切为了……"

我是唱着歌离开的,我是唱着歌向黑胡椒山行进的。

看看身后一串或深或浅的脚窝,体会着跋涉着的辛苦。

酸楚感。酸楚感,原来是这样的!

黑胡椒山唤醒了我。

往黑胡椒山方向继续走会有一条硬土路,硬石路……

我不再回头相顾,不再看我的脚窝旁边有没有更大更深的一串脚窝。

希望有?不希望有?我说不清。一切跟希望与不希望没有关系……

黎明!

还有黑胡椒山呢!

还有黑胡椒山呢!

去黑胡椒山,一定要去哦!

起风了!

细沙飞扬,填平了一串或深或浅的脚窝,却没添一串更大更深的脚窝。

向着黑胡椒山前进。前进时,遗忘了,真的遗忘了……遗忘了遗憾!

遗憾是假象。因为你不停地走!不停地走!风云雨雪让你认识了什么是遗憾,有没有遗憾。

你一直往前走!

走吧!走吧!只有一直往前走!

东方还没有熹微的曙光。天好像还是很黑很黑。

一缕如风如沙的东西向我扬过来,打在我的鼻尖上……好疼。我闻到了特殊的味道,有烧胶皮的味道,还有各种花香……

"调理反应",

一切都是调理反应?

我没有笑。

我与伟大的人、伟大的事相遇了。

我确实感觉到调理反应。

困意很浓。

我是怎样躺在石碴上睡去的,有些记不清了……

我做了梦。我身底下铺了一层玫瑰花,是绿色的,其中一朵正在盛开,往腰里,不,往腰子里开……好舒服!

撒尿!想撒尿!

意识模糊中,我确实去撒尿了。一种强烈的感觉促使我赶紧回去,到铺满玫瑰花的床上去,去寻那种没有疼痛的舒爽，去寻那没有任何感觉的一种感觉……

(二十二)

其实，想去黑胡椒山的念头，我一度想放弃。放弃得好！能放弃太好了！

为什么不能放弃？如果还在坚持，本身就是理由。

我想在这铺满玫瑰花的床上睡个够，哪怕睡上几天，或者更久……不再用时间，用说得出说不出的有用没用的理由来引导自己、规定自己……

有什么呢？

为了什么呢？

"一切为了……"

你的歌声在天即将亮的时候响起。

你向我走来时，手里捧着一个装有凤尾鱼的玻璃缸。那条鱼是棕褐色，有一缕蓝色夹杂其间。我有点疑惑，或者说，我感觉到自己又在幻觉之中。

"你是怎么把我茶几上的凤尾鱼拿来的？"

你的两颗虎牙的牙尖略略显出唇外。不是嘲讽，也不是自以为是。

你在我的前面唱，唱着往前走。

也去黑胡椒山吗？

我是这样问了吗？

去不去黑胡椒山有什么关系?去不去什么地方有什么关系……

你转过身往前走,往黑胡椒山方向走。

算不上整理容妆,我从衣袋里掏出口红,往眼皮上轻轻地抹了抹,往双唇上也抹了抹。

我跟在你的后面,往黑胡椒山方向走。

你没回头看我。

"一切为了……"

"一切为了……"

你在唱,好像我也在跟着你唱……

你哭了,还是我哭了?我哭,在心里吗?

风从上面往下吹,断断续续地,我听你说,256号,西区的墓地,你买了。

"给谁买的?"

多事,还是自以为是。我没骂你,心里这么想了。

没意思,太没意思了!过了鬼门关的人,还是不改旧志,不明白。有些人瞎管事,没人买账!

我没说啥,一个字没说!痼疾难医,别在意,别管!心中有疼,心中有痛,谁能管得了谁?

我有了精神,想快走几步,不,我想跑起来,跑步前进,超过你,朝山顶上跑,不再与你为伍。

我的心思被你逮住。

"不用躲我。我只是告诉你,林宇良买了258号墓地……"

我没笑出来。我想告诉你林宇良死在青岛海洋研究所的任上,他被葬在青岛的公墓里。又买墓地?

"一切为了……"

你的歌声里没有哭音。你唱得好听,你转身,顺着风往回走,唱得越来越温婉……

听不见你的声音了……

我没停下脚步,依然往前走。我知道我要干啥——去黑胡椒山啊!

(二十三)

风小了。

应该说风柔和了。

你还在唱歌?只是我听不见了。

现在的我听不见,或者说没再听你唱歌。我要去黑胡椒山。去吧,无论如何都要去。现在,力气还是有的。

黑胡椒山到底在哪?我有没有走错方向?也许我不敢说,我知道得不确切。

黑胡椒山是有的,我确定!

我的两只羊还在那座山上,它们始终低着头,散步、啃草,啃着黑胡椒,它们徜徉其中,最起码少了慌张……

也不知那只黑山羊生下羊羔没有。我的母亲在黑山羊的肚子里。

我一遍遍猜想,我母亲在黑胡椒山上,邻居的大嫂子也在那黑胡椒山上吗？她能认出我的母亲吗？

那里的草场应该很好，羊们不至于饿着……

夜突然袭来。我倒在灌木丛中，睡觉，睡觉吧……

我睡在了灌木丛中。月亮把许多腐朽的叶子和腐败的絮状物盖在我身上，想帮我取暖。可是我没办法领情，我要享受清明的月光和那份忧伤。我睡得很沉，梦境里很温暖，也很温柔。我希望有狼陪伴。也许没有狼，黑胡椒山，只有羊，没有狼。

夜很沉的时候，狼来了。英俊而且威武的狼蹲伏在我的肘边，它是为守护而来，还是为不可告人的目的而来？什么叫不可告人，别滥用词语！谁心里藏着的不是不可告人呢？那是它的事。我的事是困倦，是疲乏，我要睡，有人陪着才好。特别是今晚，今晚感觉不错。我感觉有人在嗅我的头发。那是狼，就是那匹看不清却能感觉到英武的狼。

我睡了，睡得深沉。

"一切为了……"

这回，我听到了你的歌声。你的歌声里没有一丝嘲讽的意味。你捧着许多石竹花，红的、粉的、白的……

转世的你变得温柔，变得更睿智了。喜欢让我原谅了你以前的不是。

不要跟我走得太近，慈、美、善都带着尖利的刺，因为看到一切事物演进过程中的垃圾……

你喜欢你自己吗？我不喜欢我自己！

看样子，你要和我同行一回？随你！我还得继续。

黑胡椒山上有我要搜寻的东西。得到黑胡椒,让奶奶像模像样地炖一次南瓜,味道纯粹、深沉、高贵……

往黑胡椒山方向走,我本是想问一下凤尾鱼的事。我的凤尾鱼怎么会在你的手上?258号墓地又是怎么回事?我惧怕过程,也惧怕问别人什么话,更懒得听别人问我的话。都没用。昨天想问的、想说的可能已不是今天要问的、要说的了。太麻烦,心里乱七八糟的想法太多,变幻得太快。难于听到真的,难于听到有用的。别有奢求,别生出多余的想法。

往前走。

往黑胡椒山上走。

这是本能,

也是初衷。

走吧!

"走到啥时候?"

我没笑,你也沉默了。感谢你,感谢一瞬间的默契,感谢一瞬间的美!

你把手里的石竹花抛出去了,抛得很远。我们并行时,我想给你描述我和林宇良"走沙子"的事,但我没说。你应该已经知道了。或许,258号墓地的话题与某种信息有关。多盘问一回,就可以少问少说了。

你说你已过"百日"祭日。那天,祭奠你的人很多,哭的人很多,哭得真、哭得最伤心的是你婆家的侄女。你跟我说起她小时候跟你住在一起时唠嗑、开玩笑的细节,你很享受哦!

后来,你见我走得快,好像没再听下去,你便唱了起来。

"一切,一切为了……"

我几乎要堵上耳朵,或者让什么人把我捆上,我受不了了。虽然,我知道这不是塞壬的歌声,但我感觉到了诱惑。

你在唱,你在哭——哭得大雨倾盆!

(二十四)

我昏厥了多久,不知道,也说不清。我被埋在黄沙里,感觉嘴唇被封住。我心存一息:救救我!谁来救救我!

没有上山的脚步声。

没有任何人影,没有任何脚步声。

"咩咩……"

羊的叫声。

两只羊?

一只羊?

一只黑山羊,颔首微笑,下巴上的胡子在飘动。我没有生出剪下黑山羊胡子的念头,也顾不上,心里活命的念头更强烈……

我挣扎着,想起来。我侧过身,用右手肘撑住地,屁股没有离地,便又砸在沙石里。

无人为我计算时间，也无人为我呼救。我断了与世界的联系，不想用孤独这个字眼，这个字眼太无力，也没有意义。我想活！

我想看见石竹花，我想听到你的歌唱："一切为了……"

我真的想听你跟我说说过鬼门关，想听你说生命在临界点时的想法。我想，当时我太天真吗？"听课，不要放弃，听听课……"我以为，你确实也像野生动物，有不治自愈的潜能，我固执地认为把你从鬼门关拽回来，是你心里本真的念头。一瞬间，我也在问自己，不受那份罪，撒手人寰，是一种孝顺？我一直想知道，我是不是个多事的人？

潜意识里，我想听到你的声音，哪怕听到那歌声。好长一段时间，什么声音也没有。

爬起来的念头消失了。这就是"死"吧？死就死吧！死到临头，死就要变为现实的时候，是不知道什么是恐惧的！谁？给我一根手指头？谁把一滴水珠滴在，不，擦在我的唇上？救我出去，让我活！

我肯定，救我活的人，是我喜欢的人。活着的人看着受罪，挣扎着的人虽痛也感到安慰。在生死一线间，奢谈超脱……

这一瞬间，我把真理写在了谁也看不到的纸上：

活，活着就是真理！

实实在在地说，我处在昏迷中，处在重度昏迷中。

我要活……

"咩咩,咩——"

"咩咩,咩——"

羊叫的声音!

两只羊叫的声音!

其中一只羊在吻我的袖口和领口,

另一只羊在啃我的脚,啃我的膝盖。

是羊吗?不是那两只羊又是谁呢?

奇妙的事发生了,我的上半身有了知觉。

"起来,起来,快,快起来!"

这声音来自羊的肚子。

"娘——"

这微弱的呼喊是我发出的。

"娘还在黑山羊的肚子里,还没出生吗?"

我昏迷得不省人事。幻觉中,我在呼唤娘,希望得到护佑。最怕的时候呼唤母亲!

不是幻觉,也不是幻听,两只羊在我身边,娘在唤我,哭着呼唤……

邻家大嫂子赶着羊群去找新的草场有多少年了?娘还在黑山羊的肚子里吗?娘还没有再度面世吗?

处于生死临界点上的人会发高烧吗?大脑神经被烧坏了……

有风吹,确定,有了一丝风。我闻到了味道,是香味,呛鼻子的香,浓到调不开的香!

"一切为了……"

是这声音!因为至极的渴望吗?我确实听到了你的

声音!

只是,我没有看到石竹花。现在的你在忙啥?忙着258号墓地的事,还是忙着256号墓地的事?

"一切都是准备好了的!一切都准备好了吗?"

我努力往下咽可能有的涎水,吞咽的功能还在。我在心里说:"别瞎操心了!至少别为我操心了!我不需要那个墓坑,当然更不必再弄一个258号当陪伴。唉,你的固执!我已经不再领情!喘气时,我早已不知孤独怎么写了,不喘气时还需要另一个墓坑相陪吗?再说,那一个为我准备的墓坑也多余了。我不去那个墓坑,那个墓坑装不下、埋不住灵魂!"

"咩咩……"

"一切为了……"

随着羊走,随着风儿走,随着一种熟悉的声音往前走哦!

走,就是活!

鬃毛做的蝇甩子在我的头上甩动。分不清是谁,心中却感动。我看到一条暗河里有一个坦露胸毛的人在努力地划着小船,他是想带谁渡过彼岸吗?

我不想下地狱!

你不下地狱,谁下地狱?

"一切为了……"

石竹花在空中飘飞,飘落到两只羊的前面。黑山羊和白山羊停下脚步,低头叼住一棵石竹花,咀嚼着,吞咽着……

一群乌鸦在我头上盘旋，慢慢地，天上飘荡着一块破布一样的东西。破布幻化成一只胳膊，那只胳膊拼命地向彼岸挥动。

"安魂！安魂！"

母亲在哪里？不在黑山羊的肚子里？

我想快走，想追上那只黑山羊，摸一摸它的肚子，叫一声娘！

眼皮沉得抬不动。

只听得一两声羊叫。

"咩咩，咩咩，咩——"

我提醒自己，娘在唤我，别停下来，往前走！

是跌倒了吗？

我跌在一双脚下，跌在一个穿黑衣袍的僧人的脚下。蝇甩的长鬃毛披覆在我的头发上，我感到了温暖，好像这就是我的归宿了。

我对自己说，是归宿！

"何处是归宿？"

不必远行了，不必企盼风景了！一切都是幻象！

"黑胡椒山是最后的风景，师父！有人在那里等我！"

"你何必一直这么想呢？你等谁？谁等你？不必再等了。"

轰然一响……

没什么倒塌的东西。龛还在，殿还在！

"师父！师父救我！"

数不清的大小佛像一起向我拥过来,我被架着胳膊拖走了!

魂飞魄散。梦一般的混沌中,我依然在喊着黑胡椒山!应该说,黑胡椒山就在不远处,黑胡椒山上有我的家人、我的亲人、我的爱人、我的一切!回家,我要回家。我太渴了,也太累了,可是,我无法停下脚步,我要回家!

"别太固执了!你太累了!"

像是林宇良的呼唤。这样的呼唤很多,不能说这样的呼唤成本太低,也不知那声真正的呼唤在哪里,更不知我能否听到那声真正的呼唤。

身上的重物被我掀翻。我还是努力地呼唤着自己,我知道,至少,我的母亲在黑胡椒山上……

我是否闻到了风中的黑胡椒的味道?我确信,黑胡椒山就在不远处!

感谢那位僧人,感谢他的点拨,感谢他的护佑!我不能在大足石刻停下脚步,我的灵魂依然带着我飘飞,我只能听他的。

无法向着原来的方向再前进一步。

"一切为了……"

不必唱了,也不必哭泣!你给我的石竹花足以抵住我的孤寂。只是,你一定得告诉我,你如何得了我的玻璃缸,又如何得了我的鱼?

我看见了你,只是我还没有恢复体力,我追不上你!

你转身进了墓园,径直走向256号墓穴。却原来,你要给凤尾鱼下葬……

你要把凤尾鱼葬在256号墓穴里。你去得太早,你不该在那天选择过鬼门关,你有好多事要在阳世做。

哪里想到,你我做了两世的朋友!有些事,盼不得,拒绝不了!

是谁在阻挡我,我看不到任何屏障一样的东西,但是,我进不了墓园了。

"不要把凤尾鱼葬在256号墓穴里!你没有权让它做替罪羊!别多管闲事!一切都因为多管闲事!"

我拼命在嚷,只是发不出声:

凤尾鱼不想去那道墓穴!

我要去寻黑胡椒山!

(二十五)

你在路边等我,满眼有说不出的怜惜。你说,你有话要说。你举出一个精致的有蓝色丝绸边的扁形袋子。

"聂氏绸缎庄的老板托我送给你。"

"还是他呀!"

我没有在意自己步履蹒跚,拎着袋子迈进路边的灌木丛。

我换上高祖聂晋宇送给我的衣裙。

粉底带银花、银线的窄袖袄和裙子,还有一双粉灰色的小绣鞋。窄袖袄左胸前有一朵极细小的灰色绢花……

"是这样的,应该是这样的!"

"一切为了美!"

你倒退着离开我,隔着一定的距离看我。

"还是他了解你!"

不必泪眼婆娑,你的歌声比眼泪美。你看懂了我的眼神,便十分亲近地拉起我的手。我们挽着手往前走。不用细看,是去往黑胡椒山的方向!

"一切为了……"

你的歌声让人揪心,可是我很愿意听。

你用了很大篇幅说聂氏绸缎庄的事,可我已经没有像从前一样的兴致听下去了。他是他,我是我。我之外,包括你,是另一个生命,不在一个平面上,不在一个轮回里。大足石刻的黑衣人说得对,一切都是幻象。为自己造幻象,徒增苦恼,也是给别人找麻烦。

"你二弟出息了,他成了聂氏绸缎庄的正式接班人了。绸缎庄的人都很看重他。"

你的双唇颤动,柔美柔和的笑从唇齿间流出来。

"你二弟送你的。"

一个镶嵌黑玉石的墨绿色绸缎包包着一个极小的玩意。我接过来时,里面哗啦啦地响……

"不明白,他为何要送你算盘?"

我笑了。

我从来没这样笑过。

这个没读过多少书的人竟这么用心。

我想告诉你,二弟他有了大智慧。

你问我，他为什么送我算盘，而且这算盘小如婴儿的手掌！

握着这个袖珍玉算盘，我笑着，摇着头，旁若无人地往前走。

我说不清，说不明白，不再自以为是。我不想告诉你，二弟他希望我在心里为自己打打算盘，希望我知道关心自己，活得实在些，别让他惦记；二弟想告诉我，他是为聂氏绸缎庄打算盘的人，是有地位的人，让我不必惦记，不必为他犯愁了。二弟他虽不舞文弄墨，却也文气十足，他是想告诉我，这算盘是玉的……

"玉的，缅甸玉！"

我把玩着玉算盘，轻轻地说："玉的，玉的……"又自顾自地哼唱起来："一片冰心在玉壶……"

二弟的心，我的心……

我抬头望了望你，像你一样泪眼婆娑，但没说什么，你也没问我什么。你比从前含蓄了许多，少了很多好奇心。你知道你已完成他人所托，便张了张嘴，声音极轻地问我：

"一定要往前走吗？非去黑胡椒山吗？"

"去啊……"

"那里到底有什么？"

我不知道，不知道，我的朋友！

你看着摇头傻笑的我，你也泪眼婆娑。

其实，我希望我们挽着手就这样往前走，你不要以为我不怕孤独！为了结束孤独，为了不再孤独，为了能够不孤独,一定去黑胡椒山!黑胡椒山上到底有什么,亲爱的朋友,我没办法告诉你,因为我不知道,着实不知道!

你回头看我是如何踽踽独行了吗?

我无法知道你的胳膊是如何从我的臂弯里抽出去的。我后悔没问你凤尾鱼的事,也忘了向你讨要凤尾鱼,无论如何我都不希望你把凤尾鱼葬在256号墓穴里。

我希望幻化出黑胡椒山上的人和事。没有,什么也没有。我只是听到了自己惊叫的声音:"哎呀,救命啊!"

有蛇!一条,两条,三条……还有眼镜蛇!

我掉进蛇坑里了!

挣扎,逃脱!

我在前面跑,蛇在后面追!

我往山的方向跑,沿着崎岖的山路往上爬。蛇爬了一小截,被甩到后面了。

我的窄袖袄不见了。我没命地往上爬,逃命时不见了高贵,也没有可能奢谈典雅!

高贵,典雅,在为活命的挣扎中丢了……

(二十六)

我是怎样滚落到两山之间的河流中的,没有一点印象。我只听见附近有开掘之声,看到污浊的水在开掘出来的沟渠里流淌……

我希望听到羊的叫声,

我希望风送来黑胡椒的味道……

一切都没有。

这里不是黑胡椒山。

我确信,黑山羊在黑胡椒山上,母亲也在那里。

我希望我能飞起来,飞出污浊的河流,飞到天上去。

我飞起来,我并不想和什么人比翼双飞。我觉得我正在随风飘荡,身轻如燕。我在飞翔中进入梦境,梦境里,我在读一本书,身边还有一个伴读者。"就在我们阅读时,那被他渴求的、嫣然含笑的嘴唇,终于得到这如此难得的情人的亲吻。"

……

我感到窒息,那本书,再也读不下去了!

山顶上,有淡蓝色的云闪着光芒,一圈比一圈深的光晕在滚动。我命令自己不要执着、不要奢求,要恢复平常心。

我很想再翻开那本书。

有幽灵不断地哀啼,应该是在讲述他的经历。

太阳钻进云层,河流里的水越发污浊。

蓦然间,我昏厥倒地,好像突然断了气,变成了一具尸体。

漫天的乌鸦飞舞着,啼叫着。

"咩咩,咩——"

羊在叫,两只山羊在叫,连绵不断。

怎么恢复了神智?

天空浓黑一片。

雪花、冷雨、冰雹……

从天空中倾盆而下。

……

天空的颜色变浅,逐渐趋近于蔚蓝。

我趴在天上写字、画画,想寻找最干净的地方画一幅最美的画。我趴在一个雪堆上,随着大海漂游。

好像是一座桥,只现出了桥头。断桥?桥身被掩藏?桥头下方闪动着荷花,一两片荷叶向上翻卷,隐隐地露出褐色或是紫色的边痕——"留得残荷听雨声"吗?

谁在听雨声?

要过桥的人吗?

谁要过这座桥?

桥笑脸相迎,躬起身腰,等着那位要过桥的人从自己的脊背上走过去……

听到了嗒嗒的手杖的声音,那人拄杖而来……

来吧,终于把你等来了!

走过去吧,我是一座桥哦!

手杖的声音越来越大,变成了飞机的轰鸣。

我伏在机翼上,把笔杆延长,把画画在天上,把字写在白雪堆里。

我总是不解,解不开那团谜——雪的表面为何有粉尘?天上也没有干净的地方?不会吧?

我还是想趴在天上写字,还是想把画画在天上——

确实,很奇妙——想不到,难于想到,更难于做到。

那么痴迷人,受过怎样的折磨呢,以至于如此无边无际地想象呢?

我劝你,不要不相信月宫中的嫦娥忍受的寂寞有尽头!没什么好想的,一切都没必要乱想。宇宙间的变幻之景象太玄妙,也许,所有的,映入眼帘的或沉入你大脑的都是幻象……

飞机在天上飞。

飞机如何穿过云层,又如何对污浊的河流置之不顾,跟你一点关系没有!

遇到桃子了,请摘下桃子。

桃林里的桃花足够美,蜂来蝶往足够壮观!

(二十七)

祈求过吗?

没祈求吗?

都说不准。

心灵这个空间有多大呢?不能测度,也无法回答。

回应心的能量,也超乎想象……

清晨,却没有雨后的清新。飞扬跋扈的大漠黄沙在天空中还没有散去,彩虹就以漫天的昏黄做背景出现了,而且是出现在西边。

千古奇观!

第一次得见,我很确定!

"是我画在天上的画?"

我这么想了。可以赞美我是勇敢的。

让我不解的是,我不该也不会让黄沙做彩虹的背景。

作用于心灵的就是那种图像吧!

那么想了,没办法不那样画吧!

美?不美?判词无法确定。但,我确定,最美的在黑胡椒山上。去吧,非去不可。最美的景致在那里,心中描绘的风景一定在那里!

从没想过有什么人可以做导游。

从空中俯瞰,不禁毛骨悚然。此刻,我想听到你的歌声,看到你手中的石竹花。

没有歌声。

没有石竹花。

也不必去访广寒宫。

"高——处,高处不胜寒。"

歌声从心里,从天的外面飞过来。我看见林宇良和我认识的几个人,在仰头看天,他们是在辨识脸相还是在欣赏彩虹?

些许的渴望,些许的失落,些许的遗憾混在一起构成的惆怅,调都调不开。

大足石刻里的雕像夺了我的眼神。虽无法享受到那种艺术方式的美妙,却听到了清清楚楚的呼唤……

我无法完成天上各种不可名状的生物的显相或隐相

的嘱托。我早已相信,一切不再是义务,我不再有义务,从此,我没有任何义务了……

我要去黑胡椒山!

我要去黑胡椒山!

雷声轰鸣!

黑云黄沙呼啸而来,西天边的奇观不再……

没有彩虹,没有奇观!

但是,我一定要告诉你,一切都在,不是虚像,不是幻象!

明明在那!

刚刚还在!

佛陀,神灵,一切的认知都有限吗?我把这种不可知也觅不到的答案抛出去,不是标榜大智慧,只是尽一切努力描绘难以述说的无奈!

一切,也许都有根源,又不忍也没有露出舌苔的坦荡……

我又微微抬起眼皮,看到窗前的梓树慢慢移来。是云?是树?没必要仔细辨识。梓树掩着灿然开放的桃花,桃花因此少了些许的轻浮,染了些许的典雅。

不必怀疑,就是从前窗外的梓树。枝杈之间,挂着那条凤尾鱼。褐色的鱼鳍在翕动。凤尾鱼哦,不必用那样的眼神与我交流,我明白那种忧戚,明白那种哀伤。我劝你,不要去做替罪羊,那个256号墓坑不必去,我是不会去的,完全没有必要,没有必要去领那位洞明世事的人的人情,要领情,你领,我不领!你的情,我更不领！要领的，不要领的，我都领了！我已经告诉你了，我不需要咀嚼身后的一切，更不需要墓园里的258号墓坑和被安排的邻居，那不是我的邻居，我也不巴望做什么人的邻居！

一切是他们的事，一切是别人的事，一切跟我没关系！

我要去黑胡椒山！

趁我还没气喘吁吁，趁我还没改变主意，趁我还保留天真，我要把那幅画画出来，我要大口大口地嗅一嗅从石缝里长出来的黑胡椒的气味。

我奶奶等着用我采回去的黑胡椒炖南瓜……

(二十八)

天上的云变幻万千。

一朵狮子形状的云将我缠绕，或左或右，或上或下，向我施威。恐惧感超过了限度也就无法恐惧了。

不过如此！

吼叫声比雷声要大，这声音里有语词，有内容。

"说什么？"

我集中注意力，努力地听它说话。

"边界……"

模模糊糊地，似乎是说一切有边界，不要胡思乱想，不要越界！一切都是规定好的，别奢求！

"你是谁呀？"

我的右耳朵里装满了风声和海啸声。两个耳朵之间像是凿通了的隧道，有火车在轰鸣……

不是要对抗！

不是无法理解！

不是不惶恐！

"我有什么错吗？历险来源于生命的愿望，你有什么资格多事？"

浑身疼痛。要喊出的话消散在汗毛孔里，没有成为声音。我不甘心从天上往下坠落，也积聚起所有的力量，要与那猖狂的轰鸣对峙辩白。我感觉天空再一次变得昏黄，大漠黄沙做了彩虹的背景。

"接住！"

刹那间，彩虹消散，石竹花漫天飞舞。

一种莫须有的声音钻进我的肺腑，从我的鼻孔和口腔里往外冒。不知是你撒石竹花时唱出来的，还是我从我的七窍里喷出来的。

彩虹不见，我的眼前鲜血飞溅，我听到了鼓乐齐鸣。

"任何个体的生命都是渺小的……"

哪里冒出来的哲学家，说着惯常的话，充其量是低级的哲学家！

渴望哲学家的时候早已成为过去。

心底深处，潜意识里，想再寻到鼓乐之声。隐约间，听到了鼓乐齐鸣……像是从贾宝玉的怡红院里发出来的。

不用问，要做宝二奶奶的薛宝钗正坐在轿里……

天上彩虹喷溅飘飞的鲜血在我的眼前旋转。

我病了吗？

徐徐下落！

老实话说，我不愿到地上去了，真的不愿再去那个摸不着边的混沌的地方去了。那里有花草，有溪流，只是，没有什么我明白的故事。我记不住，也无法了解、无法理解那里的故事。在那个地方，我白白消磨了很多时光！

千万别下落了！

救救孩子！

有些东西在消散，不是别的什么人，是我自己。没意思，僧人说得也许对，是幻象，是虚像！

高祖聂晋宇听到了我心中的声音，但他没有作为，我不再巴望。错过的不是时空，错过的是千年奇观。对聂氏绸缎庄，我还惦着送我玉算盘的二弟。他好了，他有了算盘，他会打算盘了。不牵挂，了断得好！

"二弟！"我轻轻呼唤着，便朝东南方向飘飞，狮子云在离我很远的地方渐渐变薄。

我没有飞上去，也没有往下落。

一座起伏不大的青山露出了它独有的轮廓。

山清秀，人也清秀。

山顶上立着一个人，他面向东。我看见了他的背部。如果想看得再清楚一些，只能再下落一截。

落也不舍，升也不舍……

依山而建的是一座别墅，靠着别墅庭院东面的建筑稍显庄肃，是一座绿色的城堡。好眼熟！

是廉舅爷的茶庄！

不用问，立于山顶的是廉舅爷！好有风度！风流倜傥！

"奶奶？"

住在别墅里的是奶奶吗？

"咩咩，咩咩——"

黑山羊？母亲还在它的肚子里，还没有出生？母亲她不愿来到人世，还是那只黑山羊百般眷恋，不愿让它的孩子来到世上受饥寒？

"母亲！"

我听到自己的呼喊，我看见了我的两只羊。

真的是黑胡椒山吗？

可是，没有看见黑胡椒山上我要看到的人啊？

你要看到的人是谁？

要落下去吗？

泪如泉涌！

号哭之声让彩虹的背景愈发昏黄。

彩虹又多了一轮，若隐若现……

（二十九）

其实，我早就看见你了。你打定了主意，这件事，或者叫这件闲事，你一定管到底了。不过，我为你担心。你抱着的那个鱼缸好像换了，凤尾鱼沉入水底。你因被石子绊到，踉跄了一下，鱼缸里的水往外溅洒时，凤尾鱼向上游动，只是没有蹦出去。

你站在256号墓坑前，犹疑着。

"为什么要为她留这个墓坑？"

确实，你错了。你不必让这无辜的凤尾鱼为我占坑，我不需要坑，不需要任何坑。其实，坑也不是归宿！你有了坑，也许你还没找到归宿。你为何还要为别人找坑找邻居呢？

258号墓坑的林宇良站在了256号墓坑边上。你的心思都在这个坑里，丝毫没有注意那飘忽的影子。

"这会儿，她在哪呢？"

"往黑胡椒山去了。"

"你为啥一定要为她占这个坑？"

"总比做孤魂野鬼强，还有你这个伴。人未同行，鬼能相伴也好。"

林宇良发出了一声嗤笑。

"嘿嘿，呵呵……"

那个高高耸起的坟冢铺满了粉的、白的石竹花。其实我正仰卧在冢上，听着两个鬼的对话，一阵敬意油然而生——两个鬼为一个活人安排着事端，一个活人能听得见两个鬼在说人话。

墓园里，人不人鬼不鬼的，发生着情节丰富的事。哭不了，笑不成。

我突然想，该给什么人立个遗嘱，一是因为我有点财产，再就是这关乎我的未来。两个鬼朋友都在那准备我的归宿，当事人不能无动于衷。

我想到了三个人：两个侄儿和一个邻居。我给他们准备了来回的旅行费，从重庆长江渡口到上海入海口，让他们乘船旅行，顺便把我的骨灰撒在江水里。或许，我能得一份自由，得一份自在，这也叫实现了梦想。

找哪个律师事务所的律师我也想好了。

身后若有遗产，他们三人平均分……

"哈哈哈哈哈……"

白茫茫一片真干净！

我被自己的笑声震撼！

我还会唱，唱得快意淋漓。

尤其觉得好笑的是，要是按着神启之意。立遗嘱人得活104岁，那三位扬骨灰的人或许都不在了，或许无力旅行了……

大足石刻的印象又出来了。那位黑衣僧人望着我，满怀怜悯之情地望着我。那神情慈祥且严肃，我读懂了，应该是在这座坟冢上读懂的。

活人为死人烧纸钱,鬼为人安排墓坑。存留者托未亡人了断后事……到头来又怎么一回事!

淫雨霏霏,石竹花上落满了露珠。这应该是真的,有窸窸窣窣的声音,应该是属于鬼魂的。我不希望他们发现我,该了断的,能了断的,就了断。不要再开玩笑,都用了那么久的时间开玩笑、捉迷藏,有时是自己和自己。

只是,我惦记那条凤尾鱼的命运。鬼魂的声音消散了,你的歌声也消失了。我绕着墓园走了大半圈,然后悄悄地来到256号墓坑。墓坑坑底有残碎的玻璃缸,我用一根树枝在坑里扒,确实,没有那条凤尾鱼!鱼应该还在。我相信,那条凤尾鱼也不想占这墓坑。

"月光下的凤尾鱼哟,月光下的凤尾竹哟……"

我胡乱地唱着,歌曲、戏剧、小调,编着各种曲调唱,顿生惬意。

一排一排,一个一个,这里卧着很多人,埋藏着很多故事。依稀觉得,有好多双手在我眼前晃过,寂寞的鬼魂与我相约,要和我讲他们的故事。每个人都认为自己的故事最能揭示真理。我不敢左顾右盼,因为我没时间没精力听他们任何一个人的故事,我们自己的故事还没讲完。讲完了故事,人和人,事和事也就那么在各自看得着看不着的地方了;讲完了故事,经历过的体验过的一切都现出本来的面目,可笑归可笑,可悲归可悲……没什么,一切没什么。

(三十)

我不知脚步往何处迈。

没必要躲着什么人，我应该见见你。当然，我不必对你说256号墓坑的事了，开始并已经跟你宣誓，在你看来是当事人的人跟你做的事没有关系了。至于那条凤尾鱼，你是不是还想让它当替罪羊，那也是你自己的事了。

既然如此，就不必约见了。因为墙太高，墙两面的人无法见面。往前走的方向迥异，见面时的语言互相听不进去，这和关爱的程度无法挂上什么关系。迁就、丧失原则都会给对方的以后或以后的以后带来不便……

怎样才算办好了自己的事？这个命题严酷地摆在了我面前。当然，不必彷徨！生活没有命题，管他呢！

还是觉得有了高兴的理由。

我想唱，想歌唱……

> 枯藤老树昏鸦，小桥流水人家。古道西风瘦马，夕阳西下，断肠人在天涯。

我没泪流满面，也没有断肠人的悲伤。我眼前幻化出"瘦马"，也望见了马致远的影子，觉得白衣配白马，瘦虽然瘦了点,还是挺潇洒的。我在北海涠洲岛见过汤显祖的雕塑,推理猜测一下的话,风流倜傥这个词还是留给这个端坐在岛上的创造了美的人吧!

尽是多余的,没用的!不要再追求废话艺术了。

不论如何超脱,不论如何塑出个超脱的样子,还是有几分苍凉沉郁。

拖着几分沉郁往前走——还是黑胡椒山的方向。羊在叫,人在唱,还有我幻化出的影子……几乎就要丧失好奇心的时候,可怕的事出现了——狼!狼!

就是那匹狼!那匹曾吓得我仓皇逃奔以致摔倒的狼。它没有忘掉我,它又想起了我。这么多年,它还在为那次没得手而耿耿于怀吗?

它横在我去往黑胡椒山的路上。

它一定要阻拦我!

它为什么要阻拦我?

没有那么多为什么,也许它饿了,要么是它想念我了,要么是我们之间的缘分没断利索……

我浑身流汗,但还没倒下去!

我的眼睛盯着它,盯着它,不动眼珠地盯着它。

是它,那匹藏在土沟口佯装无害的狼。

平心而论,它是一匹很帅气很有灵性的狼!

好像有人在骂我。

你在骂我。你手上依然捧着石竹花。

"死到临头,还有这闲心!闲情逸致可真多!怎么说才好……

我不知道你为何抱了那么多石竹花，给狼献媚？为了救我？

谁也救不了谁！

才几天的工夫，都忘了？我救成你了吗？现如今，该到的都到了，死？活？我没什么可说！

横在我面前的狼，没有凶狠，没有狰狞，只有美态，甚至淫态！倒不如露出凶相。看它那变性后的德性，它已失去了吃人的本性！

我好像不恐惧了。可是，你一定要提醒自己，恐惧，深度恐惧在潜意识里。

两臂开始颤抖。

脖子后面往外冒汗，汗水顺着脊梁往下流，有些渗透到骨髓里了。等我听到你呼喊救命的声音的时候，我几乎已失去了知觉。神志不清之前保留的唯一的印象是飞舞着的越飘越高的石竹花……好啦，好啦！

（三十一）

昏迷。

应该说我还不是一具尸体。不知道你信不信，我并不惧怕变成一具尸体，有时候人活着也像一具尸体。你在特定的空间里，特定的情绪中，应该就是一具尸体。有条件认识到了，也就不必过分夸张恐怖。

我说我还不是尸体,那是因为听觉还在。我听到了鸟的叫声,不是冬日早晨的寒雀,没听到"小集梅梢话晚晴",我无力感知它们的快乐或者寂寞。我一年四季都能见到它们,现在,渴望看到它们嘴的一张一合。也许,这已经是奢望了。平时,又有谁会珍惜很容易就得到的视觉享受呢?

昏厥。

是不是有那么极短的时间失去了呼吸的功能?

不知多久以后,有什么细微的东西掉下来,掉在我的唇角。

在呼唤我?让我从死亡中醒来?也许,是哪个我曾有恩于它的生灵,救我不死。想感激它吗?感激不感激都一样,该还的还,该报的报。也许,我有恩于它时压根就没想到让它报答。想和不想都一样,报不报谁说了也不算。

感到些许的温暖,我躺在茅屋里?

一点点地明白……

是谁在读诗呢?谁在我的屋顶上读诗呢?

"熟知茅斋绝低小,江上燕子故来频。"

我的一只手微微摇动,我是想挥扫一下,不让不小心掉落的泥点,污了书和琴!

我喜欢鸟,但我好像不那么喜欢杜甫的诗,为何是诗来搭救我?

此刻,我感觉到潜意识里的挣扎。别标榜什么人,也别标榜自己看淡了生死。就这一刻,我还在想,以后要善待燕雀，以报相救之恩。

说自己是一粒沙子，还是说高了，我不过一摊污泥而已。

没死的话，那就是睡着了。体力在恢复，听觉更灵敏了些。

我开始羡慕盲人，他们的听觉非常发达，他们凭听觉感知世界。假如，以后的我也要凭听觉感知世界了呢？

世界上有盲人篮球运动会，有盲人摄影师……凭着别人走路时的呼吸感知。

好顽强的潜意识！

我没耻笑自己在死亡面前的卑微和屈服。

凭着自己微弱的听觉来感知世界也不错了。

凭着声响，我确定有人搭救我。有很多鸟在啄我的额头，还听到杜鹃鸟那"布谷布谷"和"不如归去，不如归去"的叫声。虽然画家喜欢它，中国古诗里也常出现它的身影，但我还是忘不了它让芦莺为它哺育孩子的懒妈妈的坏名声。

别胡扯了！我甘心卧在这里，做个野生动物？

幻觉？亦真亦幻？

世上已千年吗？

什么意识都没有了吧？

空白！空白是什么？一种死亡方式！

这次，我有了触觉，触到了一双手。

有一双手在我的百会穴、人中穴上按动……

这种触碰感很陌生。潜意识里，我觉得这应该与大足石刻的黑衣僧人有关——救苦救难……

(三十二)

办丧事。

给谁办丧事？

灵棚在野外搭建。死亡者应该是外丧。

来帮忙的人里有你，你手里有石竹花。你没哭，没有悲戚，也没有喜悦。

你好像并不在意办丧事的程序，倒是对灵棚外面的花圈很在意。你围着灵棚转，数花圈的数量，里三层外三层的，比你那时候多很多。你还弯下腰来读花圈两侧的挽联，舞文弄墨的人不少，还有官员。你的两颗虎牙的牙尖又翘在唇外，像是不屑，又像是羡慕，还像嘲讽。

"唉，你这人，多事又多余！"

我早就不想多说一句了，你这人一直较真——自己是对的，而且永远是对的，女儿也不放过。生了多少气，得了多少病！

哭丧的阵势很大。

"哎呀，我的……"

"老天呀，你不睁眼呀……"

"哎呀，你死得好惨呀……"

按照土丧的风俗，尸体要留三天。

哭丧的队伍从土街上路过,路两旁有很多围观的人。那天,你跟在队伍的最后面。没人在意你,你倒在意了每个人。你在看谁是真哭,谁是干号。还好,你没冲动地出来数落那哭声最大却是干号的人。

晚餐之后人们散去。

上夜的人和守灵的人都如期上岗。

棺材前的供品一样不少。红烛高照,风灯高挑。看到很多人睡去,你把一个半人高的看上去粗糙怪异的红烛放在棺材前。你好像在自己跟自己念叨:

"林宇良倒也不算个没心肝的!他们祖上开制蜡厂的,竟然还能费心力送来红烛。

"只恐夜深花睡去,故烧高烛照红妆。"

你的手一抖,一滴蜡泪掉在你的腕上。

你低声埋怨:"谁在读诗呀!至死不悟,变成鬼还读诗。明明这东西害了你,让你终日胡乱想。"

那一夜,不但有读诗声,也有哭声。

守夜人没听到读诗的声音,你却听到了哭声。

你一直在棺材尾部,或立或依,让斑斓的花圈花束覆盖着你。突然,你探出头来,看到两个中年人,在棺材头处磕头烧纸,一边哭一边磕头,一边磕头一边哭。他们的声音细碎,不是唱诗班的调子,没什么规律的音节。你听到女的说:"不值得,为什么呀?"好像男的在一声接一声地哀叹:"唉,唉——— 你太苦了……"

两个人念叨着坐在红烛边守灵。守灵人躺在绿色的苫布上睡着了。

你本想往前凑,看看真流泪真哭的两个人是谁,你认识不认识,甚至,你还想与他们攀谈一下。

"砰!咣当咣当!"

声音从棺材里发出来。

"莫非活了?诈尸了?对呀,是不是往棺材里装的时候还没绝气?"

你忘了自己是新鬼,往躺在地上的守灵人身边去了。

"诈尸了!诈尸了……"

绿苫布上躺着的守灵人纹丝不动,即使你踢他,他也不会有知觉。没人能听到你的声音,你是鬼,人听不到鬼的声音。

(三十三)

其实,我正朝黑胡椒山方向走。

趁着夜色朦胧,我轻松地走,要去的地方,只有黑胡椒山!

我想去那座别墅里看看奶奶,问问她,廉舅爷娶没娶她。

我认为廉舅爷立于其上的那座山应该是黑胡椒山。

为什么说不是?那黑胡椒山在哪?

去见见奶奶,问问廉舅爷,他应该知道黑胡椒山在哪。看看那两只羊,和娘一起,在有黑胡椒的地方转转,围着山或远离山,漫无目的地转转,说说话。她有满肚子的话要往外倒,我也是。

我告诉她,我没有死,也不可能死,但我亲眼看到我的葬礼……

死了才是活,无声无息地活。

有一件事我还没告诉娘,我已不是她的女儿了。因为在娘走后,我神不知鬼不觉地在死的同时又生了一回,生在长江上。生我的人叫斯皮夫,我是斯皮夫的女儿,斯皮夫是村姑沙妞的女儿。尽管我不情愿,也得做沙妞的孙女。这是另一套逻辑,乱套的哲学逻辑,一种无法解释的人伦关系。

尽管活了快三辈子了,还是说不清楚一个现成的理儿。

娘,我只是常常想到你,想到你时,我会大声哭一场。现在,又有眼泪往外冒了。娘,你在黑胡椒山?我找你!

我的前面晃着同样的两个人影,同一个平面为啥出现两次?科学上无法解释的事到底有多少啊?我用了很多心思,可是越弄越糊涂了。

当然,还是了断比较好!

了断与不了断,于我没什么区别。对于我,已经不存在了断与不了断了。我没什么可说的,白天黑夜都一样……

其实,我心里想的我已不会表达。见了奶奶,不必表达,依着榻,与她靠着,听她轻声地哼着,吟着……那是她心灵的语言。如果她能将自己的哪件绸缎小袄送我一件,我会很喜欢。我现在的身材,应该与那衣服相宜。奶奶缝制的衣服针脚大,贴边宽,做工虽算不上顶尖级的,但很板正大气。

快些走,争取天明前赶到那座别墅,美美地睡一觉。

不然的话,我会变成一片灰烬。我顿觉浑身轻飘飘的,轻得几乎没有了重量。

如果天亮之前我只能见到一个人,那我想见母亲。见到了她,也是不必说,放开音量,放心地自然地无遮无拦地哭就行。无痛无悲地哭吧!黑山羊、白山羊能听懂我的哭声。其实何必听懂,那两只羊熟悉、喜欢也习惯这哭声。哭后自然是疲乏但也彻底放松,我和它们一起,睡在黑胡椒堆里……

应该断定,娘和那两只羊都在黑胡椒山上生活,是不是在等我,我可不会自以为是地下结论。

让廉舅爷伫立远眺的不是黑胡椒山,一定不是。黑胡椒山在哪?应该离那座山不远……

在那座山东边?南边?东南一些吧?那个背影对我来说是个指示牌,是一盏油灯,灯光微弱,但足可以提醒我,要找的地方到了——就在那,不远了!

确有微光点点。两边是叶子的摩擦声,玉米叶子的摩擦声。昏黄的风灯,不只是一盏两盏,在玉米地里蹿动。为我照明?谁派他们来的?不是高祖聂晋宇,他指定不会用这种类乎野蛮的方式。是娘?这种方式,也不像娘的风格……

一阵狂风大作。

我身后是杂乱的脚步声,不像是陪伴,倒像是在追赶,想要捉拿……

这声音,前面也有,还伴着铁链相碰之声……

因为恐惧才高声大笑吗?

因为傲恃才放声狂笑吗?

因为恍然大悟才会心一笑吗?

我随意挥一挥手,把笑收在心里,深呼吸几下,放慢脚步……

哼!哼!哼!

什么新鬼旧魂,我见识的多了!

我的心变得宁静,表情也尽可能地温柔。

我轻轻地挥一挥手,发出了一声指令:

"都先回去吧。"

没有了风灯,没有了脚步和铁链声。

夜十分宁静。

黑暗变得柔美,黑暗变得越来越真实。

我的脚步越来越从容。

"你来做什么?"

你没回我,只是把满怀的石竹花抛向高处,还跑到我前面抛撒……

我闻到沁人心脾的香味……

我不能不佩服你固执的德性,

"一切为了美……"

你唱了起来。

"一切为了美……"

我唱了起来。

"一切为了美,一切为了美,一切为了美……"

高祖聂晋宇在我的头上做音乐指挥。

夜越发深沉。新鬼旧魂放声歌唱。

"一切为了……"

(三十四)

我以为我躺在了黑胡椒堆上,因为我闻到了奇异的香味,听到了鼓乐齐鸣。只是,没有听到羊的叫声,也没有听到娘的哭声,所以,我确定,我的身下不是黑胡椒堆!

黑胡椒树正在开花。又有一两朵新花绽放,直往我的腰子里开……

虽然睁不开眼,但我确定,我的神志清醒。

疲惫感无法回避。"睡吧,"我对自己说着,"睡吧!"应该是睡着了。应该是一个清瘦的男子坐在我的左侧,我听出了他的呼吸声。好像是玄色衣服——黑衣僧人吗?有情人也。世上最多情的是佛!他快成佛了!

来此何意?

为我诵经吗?

有东西在顺着唇和左鼻孔往外流,是水还是血?我想处理一下,可是,抬不起臂,手也动不了。突然有什么东西从里面堵住,液体不再往外流动。过了一会儿,它们冲开了堵塞物,一个东西掉了下来。右鼻孔也有同样的东西往外流……

我昏迷了,记不清流了多久。我昏迷了多久?也没人告诉我。

我的衣襟都湿了。

有东西在我身上爬,我痛痒难忍。

两个鼻孔同时发痒,痒得有点疼。

不是水,是血!流干了血,就到了黑胡椒山!

"黑胡椒山,黑胡椒山。两座山,山两座。等着胡椒变颜色,咩咩,咩咩——黑胡椒山变颜色,黑乎乎一大片,咩咩,咩咩——找着地方,咩咩,咩咩——"我胡乱地唱着……

梦中,你从我的鼻孔里往外拽凤尾鱼。梦中黑衣男子用手轻轻地抚摸了我几下,发出了轻微的叹息。

"一切为了——"

黑衣僧人在唱,声音像一线细流。

"凤尾鱼,凤尾鱼……"

"一切为了,一切为了,一切为了……"

在唱,不是唱,是哼……

"咩啊啊,咩咩咩……"

唱成一片,哭成一片,笑成一片……

黑胡椒,连成了片,山也连绵,人也挤成了一片。男女老少举着手,扭扭捏捏,摇摇摆摆,在最黑暗的时候,在太阳没出来前,一起造山,摸摸索索,磕磕碰碰,牵牵绊绊，或挤或拥，或握或抱，持之以恒地运作着——黑胡椒山。

（三十五）

应该一切按大丧安排。

这里有一个习俗，出殡前要"开光"。所谓"开光"，即让人掀开棺木，用红布遮挡，让众亲友瞻仰遗容，与死者进行最后一次告别。开光时，儿女或者至亲用棉棒蘸着酒轻点死者的眼、耳、鼻、足等，还要低声说着："开眼光，亮堂堂，开耳光，听八方，开鼻光，闻供香……"

此时，灵堂里的棺材盖被缓缓掀开。

"啊？"

"怎么回事？"

"不得了……"

棺材里什么也没有。

惊呼之余，突然狂风大作，花圈、花篮、花环乱作一团，在灵棚的上空翻卷。

我依着墓园里的那座坟冢，写完遗嘱的最后一个字。我把所有的遗产分成三份，还为三个人留了三份绰绰有余的旅行费。他们可以从重庆渡口出发，沿长江而下，直抵入海口。我希望他们在小三峡处停留，转乘乌篷船，赏绿水青山，顺便把我的骨灰撒在小三峡的水里——我总算享受一回美了……

我辗转回到这座荒冢，是想见见你，与你一别，告诉你，256号墓坑就别留了。

没想到，墓园外面远一些的地方突然有许多人惊呼，先是纸幡飞舞，然后杂尘漫卷。你从我面前飘过，好像一点也没在意我。

千古怪事，千古绝唱！

悲天悯人！哭声震撼！一时间，黑云化成团旋绕在上空。

旋绕了多久？几小时？几天？几月？几年？无人记载。

一个夏日的有太阳的中午，天空飘落雪花。梨花般的成团的鹅毛大雪，渐渐地变成红色的雪簇着帆船状的东西向西南挪移……

你一直追随着帆船状的雪飘飞，你确实固执，确实真诚，大概，你想让人把这东西抬到墓园去，抬到256号墓坑去。你一直喋喋不休，说那是你朋友的棺材。

据当地人回忆，那一年，冰雪棺木漂移的现象发生了好几次。只要天上有棺木漂移，火化炉的大烟囱附近就有鼓乐之声，总有人唱歌：

"一切——为了，为了……"

长江滔滔东去，

两岸猿声延绵。

站在岸边的有两个人，一个是跛脚的男人，四十岁光景，他拎着极方正的殷红色的骨灰盒，弯腰，低头，他想打开那箱子,把里面的骨灰往外扬。

他后面的女人制止了他。

那是他媳妇,她好像在说:"绿色的水,乌篷船……"

一个蓬头垢面的人,从长江深处浮出来,甩发吐水擦眼睛。

遗嘱上所指定的三个人在立遗嘱人亡故百日之时携她的骨灰重走一趟当年她旅行的路线。他们把她的骨灰撒在小三峡的清波绿水里。今日,沿江送行的为何只有一个人?

他还是跛足,何其难也!

亏了他的媳妇相陪!

搭错了船哦,下错了船哦!

茫茫黑夜可如何分辨小三峡的清波绿水哦!

蓬头垢面的新鬼前来相助,他腾空而起,夺得跛足人的红箱子,将手中的黑色的极方正的箱子放在这对夫妻之间。他边哭边笑:"花不尽,用不完……"

一个叫斯皮夫的人和一个叫沙妞的人,将这蓬头垢面的新鬼挟持而去……

 附录：小说读后

世界的原本模样

——小说《今夜有太阳》里所呈现的

木子

艺术——甚至包括科学与思想,都尽其所能地对世界的原本模样进行展现或表达,小说也不例外。小说《今夜有太阳》对此却有独特的呈现。现就此种观点进行如下论述。

首先,世界的原本模样到底是何种"模样"。这似乎是一个无须回答的问题,但却一直莫衷一是。如果贸然就此论证下去,一定会陷入狂人呓语或循环论证的泥沼。所以,有必要清晰明确地把它表达完整准确,为小说的美学标准提供一个终极样本。

一言以蔽之,世界的原本模样,是一个让人舍不得离开的所在,也就是一个与痛苦、迷惘、失落与仇恨不相关联的世界。也许,西方的伊甸园与中国的桃花源可作蓝本,权作参考。可惜,伊甸园里的最早居民即亚当与夏娃,由于受了蛇的诱惑吃了禁果而被驱离,而后伊甸园便永远向人类关上了大门;而南北朝时期著名诗人陶渊明笔下的那处桃花源,也仅仅向世人展示了一次芳姿,竟从此踪迹渺然。但是,如果细究,二者的核心构件即"硬核"要素,还是能够捡拾出来的。

那么,经过慎思、明辨以及去伪存真,最终,三个要素被有效保留,即:终生相安的爱情、血浓于水的亲情和辉煌灿烂的梦想。此三者,是最让人不舍的世间精华。

这个结论也许会让人失望,难道让人放不下、舍不得、离不开的,不是金钱、地位、权力、名誉吗?也许真的不是。一个让人不舍的完美世界,由爱情、亲情和梦想构成。最要紧的是,仅由此三要素构成。其他,比如权力、金钱、名誉等,皆不存在。人类最为留恋的那个世界的原本模样,就是这纯粹的三要素,无他。

现在,让我们随作者的笔触,走进《今夜有太阳》,走进让人类恋恋不舍的"原本模样"的世界。

小说《今夜有太阳》的情节很简单——如果还能使用"情节"这个术语的话,此文如此下笔,就是因为小说的作者对情节并不太注重。小说里的几个人——斯皮夫、沙妞、酒水怪、尼桑仁等,在一个太阳自东方升起的夜里,在一个叫白鼻梁山的地方,演绎了一场轰轰烈烈的爱情,表达了一种缠绵而且深沉厚重的亲情,最重要的是,在这个夜里,这几个人,时不时地就进入梦里,或者说沉入梦想里。除此以外,无他。构成世俗生活的各种要素,均被作者干净利落地剔除,或者说,作者认为,除爱情、亲情与梦想之外,没有别的东西。一个美好的世界,有此三件足矣。

那么,既为一篇小说,作者是如何以此三种世间珍品构建"世界原本的模样"的呢?也是一言——或一词以蔽之：悖！

悖，违也，逆也，不合常理也，与平常经验相背离也。即如此，小说《今夜有太阳》就制造了一套新的规范，即以悖为上，以悖为理，以悖为进。

从二十世纪初起，文学艺术就以颠覆为要则，但时至今日，并没有哪部小说直指人类的初心而且全盘颠覆人类的基本经验。《今夜有太阳》在这方面，一"悖"到底，彻底掀翻了常规认知的一盘棋，新制了棋子、棋盘和下棋的规则，另起炉灶，在小说写作经验之外写出了《今夜有太阳》。

第一，小说里的人物"生"法与常理相悖。一个婴儿离开了母体，马上要求离开这个世界，因为她不喜欢来到这里。于是，没多大一会儿，她就死了，她拒绝临凡下世。这与《红楼梦》里那一干"凡心偶炽"的"风流冤孽"所唱的调子正好相反。

第二，小说里人物的"活"法也与世间普通经验相去甚远。在这部小说里，人物以"死"的方式活着。通俗一点说，他们所有的行为，都是死去的人才拥有的。这大大背离了人类（当然也包括作者在内）的所有经验，甚至到了连想象也无法触及的地步。人们无法知道死去的人是如何生活的，按理说，死去的人，是不会拥有生活的，可是，在《今夜有太阳》里，他们活得生龙活虎，他们虽是"死"的，却有爱有笑有趣，比活着的人们，还要活络。

第三，小说里，阴阳无"隔"，生死无"界"，生与死不再对立,而是统一了起来,让人无法知晓作者是如何把生死混合在一起的。时不时地,就有一个已经离世几十年或上百年的人物出现在活人面前,给她讲故事,给她讲历史,或预言她的未来。如果说这仅是玄幻的话,那么,小说里的人物常常入梦或想入梦就入梦,想入哪样的梦就入哪样的梦,是不是由于作者笔下的文字,已经打通了生与死、阳世与阴间的界限?

最后,略提一笔一个最明显的迹象,即小说的题目"今夜有太阳"。夜里如何会有太阳?而且小说中有好几处,分明写出了太阳自东方升起——是在夜里,不是在黎明,这是不是最大的悖?

文末,有一个猜测一定得说出来,即小说《今夜有太阳》的主旨,是向现实中的人们透露生存密码的,如果想活得好、活得妙、活得快乐,想活出自己想象的模样,就要让自己所在的夜里,升起一轮明亮的太阳。当然,还须带上爱情、亲情和梦想,还得把除三者之外的一切全剔掉。

如此,幸福就会属于你,还是一份独属于你自己的幸福。

致旅人
——谈刘景侠小说《今夜有太阳》
杨东霖

(一)

过路的旅人啊,慢些走,请受累附耳过来。

《今夜有太阳》是小说,亦是一则很好很好的寓言故事。对,很好很好。可能你看不分明,不过这都没关系。

这个故事啊,就像一支我叫也叫不上名字的针剂,你看了这故事,便是把这一针打入了静脉,让它流遍你的全身,融进你的肌体,最后没入你的灵魂。

再之后啊,你还是你,但你又不是你了,另一个你会被感召,当然,这些你甚至都不会意识到。那个被感召的你则会纵身一跃,投入生死轮回的旋涡之中,去追寻你最纯真的轮廓。

(二)

今夜,太阳高悬。有了太阳,这阴阳道口的一切才看得清楚,才让人有了心事与秘密。旅人,你且看这白鼻梁山中的魂灵,在暗里窃窃,在明里昭昭,但窃窃的并非苟且,而是浪漫与残忍;昭昭的也不是坦荡,而是分明的孤独与纠葛。在瞬息的明暗之间,渲染出灵魂们不断追觅、不断觉悟、不断沉沦的活戏剧。

我们且不论死亡,知道轮回的人自然不畏死亡,但知道轮回的人,畏生。人,因何而生?

"我",何苦,去求降生?

莲蒂是好的祖姑奶,为儿孙安排得事事顺遂,她巴不得自己成为造物的神,眼看儿孙起高楼,这高楼还永不崩塌。但她输得彻底,输在觉醒的斯皮夫身上,就因为她不是造物的神,她不是,她也不是。于是这高楼,终是塌了,在歪歪斜斜中随着沙妞生下婴儿化为飞灰,与此同时,这个真正的降生可算来临了……

(三)

《今夜有太阳》是一则年轻人看的寓言,就适合您这样的旅人。您要去往何处呢?是鲜花繁茂的浪漫所在,是金碧辉煌的放荡去处,还是庄严到可笑的亭台楼阁?请先缓缓您的皮囊,继续听我讲两句这个寓言。

斯皮夫是怎样的人呢?在这阴阳道口,她活得最迷糊,从他人看她到她看自己一样地迷糊,但就她活了,活得也彻底,死了生,生了死,又得到了爱,流了血,用俗人的眼光来看真是勇气可嘉呢,尤其又是作为女性,不是吗?她托生在沙妞怀里的时候,我相信她也是迷糊的,但从始至终,这个迷糊是选择,而不是蒙蔽。

过路的旅人啊,您何必非得要清醒呢?清醒地辨别前路的去处?那去处可比今夜清晰?今夜,至少有能启悟你的太阳!

(四)

待我为您寻一片镜子,这积满风尘的脸像不像寓言中的尼桑仁?您在过去和未来背负着与他相同的罪,一种只属于商人的原罪。我这不是冒犯,只是为已然注定的事做些许的陈词罢了。您可以在太阳躲到云层后的时刻,翻翻裤兜和行李,看里面有没有残余着污秽的抹布。

当然,我们也可以为尼桑仁辩护,沙妞也好,斯皮夫也好,都活在他的身体里,不然怎么能吸引他呢?然而这些难得的、可贵的,最好一次一次补足,好让尼桑仁确认她们的存在,哪怕有依卡,哪怕石头会自己飞起,砸向他的眼眶。

传统的老爷们最擅长的,是拙劣的掠夺和自私的施舍。

（五）

让我们再说回降生吧，这是个顶大的学问，需要好好盘算盘算的。

生就是活吗？在阴阳道口这个异世界，我们有足够的时间取舍、徘徊，这也成了一种活，也有足够的时间执着、贪图，这也成了一种活。斯皮夫的迷糊，也成了一种活，但她降生了，有了一份与你我一样的皮囊，这是一出好戏。

这个戏就到这里的话，您觉得斯皮夫会成为和您一样的旅人吗？至少我觉得会，但这不重要，因为这也是活，人啊，必须活。

那生呢？

（六）

她完全醒过来。她告诉莲蒂祖姑奶，这一次，她不构想，不再执着，不再自以为是，她要像柳絮那样随风飘去，最好能承载真纯，不再幻求幻想，不再渴望雍容娴雅，不再让新的生命负载生命之外的东西。

(七)

"不再让新的生命负载生命之外的东西。"

旅人,趁着你我都年轻,尚能忆起我们的轮回,尚能看到夜晚的太阳……

旅人啊,前路可漫漫!

君要好走,君要好走!